I0662677

8 e

LE
FÉLIBRIGE
A NICE

ASSEMBLÉE GÉNÉRALE DE LA MAINTENANCE DE PROVÉNCE

INAUGURATION DE L'ÉCOLE DE BELLANDE

(5 Mars 1882)

PRIX : 1 FR. 50

NICE
LIBRAIRIE VISCONTI, RUE DU COURS, 2
—
1882

LE FÉLIBRIGE A NICE

LE
FÉLIBRIGE
A NICE

ASSEMBLÉE GÉNÉRALE DE LA MAINTENANCE DE PROVENCE

INAUGURATION DE L'ÉCOLE DE BELLANDE

(5 Mars 1882)

NICE

LIBRAIRIE VISCONTI, RUE DU COURS, 2

—

1882

Imprimerie et lithographie Malvano-Mignon, rue Gioffredo, 58-62

LE FÉLIBRIGE A NICE

INTRODUCTION

—

RAPPORT SUR L'ORIGINE ET LES TRAVAUX
DE L'ÉCOLE DE BELLANDA, PRÉSENTÉ PAR LE PROFESSEUR J.-B. CALVINO,
SECRÉTAIRE DE LADITE ÉCOLE

La lecture de ce rapport, en dialecte niçois [1], devait précéder toute autre communication faite à l'assemblée ; mais il fut remplacé, dès l'ouverture de la séance, par un autre rapport plus général, de M. Jean Monné, sur les travaux et les progrès de la Maintenance durant l'année 1881. Nous croyons devoir donner ici, à la pièce rédigée par M. Calvino, la place qui lui est due comme introduction nécessaire au compte rendu de la fête du 5 mars, date mémorable de l'inauguration de notre Ecole.

———

RAPORT SU L'OURIGINA E LU TRAVAI DE L'ESCOLA DE BELLANDA

Li a tres an, quauque abitant de Niça, qu Niçart de naissença, qu despi longtèms estabilit en lou païs, toui amatour de la lenga e de la literatura roumano-prouvençalo, si reunisseron emé l'intencioun de faire participà lou departa-

---

1. Nous avons rendu à ce dialecte son orthographe naturelle, maladroitement remplacée, dans le courant du 17e siècle, par celle de la langue italienne. En conséquence, *ch* devra se prononcer *tché* et non *qué* ; *j* sera l'articulation douce correspondante *dje*, et non un *i* long ; *ce* et *ci* sonneront comme dans le mot français *ceci*, etc.

men de li Alpa-Maritimi au gran mouvimen literari suscitat
dau Felibrige en tout lou mièjou de la França : decideron
dounca de foundà souta lu auspici de la Soucieta de li Letra,
Sciença e Art, un'Escola felibrenca relevant de la Mantenença de Prouvença, e que seria sounada Escola de *Bellanda,* dóu noum de l'ancien Casteù de Niça ; quauque mes
après la sieu ourganisacioun, l'Escola es estada òuficiala-
men recounouissuda da la Mantenença lou premier dime-
negue de febriè 1881, en l'assemblada generala tenguda à
Touloun souta la Presidença dóu Capouliè Frederic Mistral.
Countava en aquéu moumen uech felibre mantenoire ; en
men d'un an, seze nouvéu manteneire e quatorze felibre
ajudaire an pourtat a trenta uech lou noumbre dei escoulan.

Es aquestou, si pou dire, un succès dei pu urous, e ben de
resoun permetion gaire de l'esperà tant bèu en tant pau de
tems ; car tout dóu coumençamen si trouvavàn arrestat da
un fach dai plu grave : es que despì de longui anada l'idioma
niçard avia en quauque maniera perdut, en lu escrich, la
siéu fisionoumia de dialet roumano-prouvençal, e veici
couma :

Jusqu'à la fin dóu 16ᵐᵉ siecle l'ourtougrafa dóu dialet
niçart era estada assoulutamen la mème que aquela de toui
lu autre dialet de la vieia lenga *d'oc,* — couma lou provon
sensa replica touti li carta e toui lu imprimat dóu tems ; —
ma despì lou 17ᵉ siecle, lu autour de coumpousicioun en
niçard sustitueron à l'ourtougrafa propra de la siéu lenga
maire lou sistema ourtougrafic de la lenga italiana ; e,
couma l'a fach òusservà un dei nouostre coulega : « s'es
« · aplicat aquéu sistema, bouon grat mau grat, à l'idioma
« niçart, quand mème lou gèni propre d'aquestou dialet de
« la lenga d'*oc* noun si prestesse pas toujou facilamen a-n-
« aquesta adatacioun fourçada. E, noun avent pihat per
« guida ni li lei de l'etimologia ni aqueli de la gramatica,
« n'avent pas mème fach la distincioun essenciela de la
« bouona e de la marrida prounounciacioun, s'òutenguet
« per dernier resultat una sorta d'ourtougrafa ibrida, à
« elemen eterogeni e presentant, de fes, de fourma bizarri o

« meme entieramen differenti per lou mème mot, selon lou
« caprici de l'escritour. »

La premiera questioun que s'impouset à l'estudi dei
membre foundatour de l'Escola de Bellanda, fouguet dounca
e devia estre la refourma coumpleta de l'ourtougrafa defe-
tuousa usada dai nouostre jou en lu escrich en lenga niçarda,
refourma que counsistia simplamen à reveni au sistema
ourtougrafic propre à la vieia lenga d'*oc* e perfetamen
counfourme au gèni d'aquesta lenga, mème en toui lu siéu
dialet moudern. Aquestou travai presentava certenamen de
gran' difficultà : tout era da refaire ; falia abatre, destruge,
avant de fabricà, ma finalamen, s'apuiant soubre aquestu
gran principi foundamental : *la bouona prounounciacioun,*
l'etimologia e l'usage ancien, li lei de la fonetica e aqueli
de la derivacioun, lu membre foundatour de l'Escola, après
una discussioun approufoundida soubre cada pounch, soubre cada detai d'un sujet tant espinous couma es aquéu
d'una coumpleta refourma ourtougrafica, an pouscut esta-
bili un sistema raciounel d'ourtougrafa niçarda ; l'*Espousat*
dóu qual es estat publicat da la Soucietà de li Letra, Sciença
e Art de li Alpa-Maritimi, e que a òutengut l'aproubacioun
dei juge lu plus coumpetent, dei mihou esprit de Niça e dòu
departamen.

Couma coumplemen indispensable dóu siéu premié travai,
l'Escola de Bellanda a deugut ensuita s'òucupa de la publicacioun d'una gramatica e d'un diciounari de l'idioma niçart,
em'applicacioun de la siéu refourma ourtougrafica. La gramatica es en venta à la libreria Visconti despì lou premié
d'aquest'an ; lou diciounari es en cours de preparacioun ; e
en esperant que l'impressioun pousque estre coumençada,
l'Escola publiquera à la mème libreria una edicioun nouvela
e anotada de la *Nemaïda* de Rancher, seguda da diversi
poesia inediti dóu mème autour.

Per li publicacioun ulteriouri, serà fach un chois parmi li
coumpousicioun en lenga niçarda o en dialet de l'aroundis-
samen de Grassa indistintamen.

En rendent à l'idioma niçart la siéu ourtougrafa naturela,

aquela qu'avion toujou seguda lu nouostre paire jusqu'au
17e siecle, l'Escola a coumplit la siéu premiera obra ; ma
aquela obra non dounerà de proufit que se toui lu bouoi
escriven niçart que s'interesson à l'avenì de la lenga e de la
literatura propra dòu siéu païs, adoton la refourma prou-
pousada.

Aloura, ma soulamen aloura, la musa niçarda sourtira de
l'isoulamen doun s'es trouvada reducha ; escoumpas-
sera li estrechi limita que l'emprisounon encara ; e finalamen fara audì la siéu vous en lou councert tant retentis-
sent au jou d'ancuei que lu digne eritié dei ancien troubadour fan ressounà l'armounia de la bella vieia lenga d'oc,
repareisson en touta l'esplandou d'una nova e brianta
jouinessa.

Traduction. — Il y a trois ans quelques habitants de Nice, les uns
Niçois de naissance, les autres fixés depuis longtemps dans cette
ville, et tous amateurs de la langue et de la littérature romano-provençale, se réunirent dans l'intention de faire participer le département des Alpes-Maritimes au grand mouvement littéraire suscité
par le *Félibrige*, dans tout le midi de la France. Ils résolurent donc
de fonder, sous les auspices de la Société des Lettres, Sciences et
Arts, une *Ecole félibréenne* relevant de la Maintenance de Provence et qui serait appelée *Ecole de Bellande*, du nom de l'ancien château de Nice. Quelques mois après son organisation,
l'Ecole a été officiellement reconnue par la Maintenance le premier dimanche de février 1881, dans l'assemblée générale tenue
à Toulon, sous la présidence du *capoulié* Frédéric Mistral. Elle
comptait en ce moment huit félibres mainteneurs ; en moins d'un
an, seize nouveaux mainteneurs et quatorze félibres *aides* ont
porté à trente-huit le nombre de ses membres.

C'est là, on peut le dire, un succès des plus heureux, et bien
des raisons ne permettaient guère de l'espérer si beau en si peu
de temps ; car, dès les premiers jours, on se trouvait arrêté par
un fait des plus graves : c'est que depuis longues années l'idiome
niçois avait en quelque sorte perdu, dans les écrits, sa physiono-
mie de dialecte romano-provençal, et voici comment :

Jusqu'à la fin du XVIe siècle l'orthographe du dialecte niçois
avait été absolument la même que celle de tout autre dialecte de
la vieille langue d'*oc*, — ce que prouvent sans réplique toutes les
chartes et tous les imprimés du temps ; — mais à partir du XVIIe

siècle, les auteurs de compositions en niçard substituèrent à l'orthographe propre de leur langue maternelle le système orthographique de la langue italienne ; et, comme l'a fait observer un de nos collègues, « on appliqua ce système, bon gré, mal gré, à l'idio-« me niçois, bien que le génie propre de ce dialecte de la langue « d'*oc* ne se prêtât pas toujours facilement à cette adaptation « forcée. Et n'ayant pris pour guide ni les lois de l'étymologie ni « celles de la grammaire, n'ayant pas même fait la distinction « essentielle de la bonne et de la mauvaise prononciation, on « obtint pour dernier résultat une sorte d'orthographe hybride, à « éléments hétérogènes, et offrant parfois des formes bizarres ou « même tout à fait différentes pour le même mot, suivant le « caprice de l'écrivain » [1].

La première question qui s'imposa à l'étude des membres fondateurs de l'École de Bellanda fut donc, et devait être, la réforme complète de l'orthographe défectueuse usitée de nos jours dans les écrits en langue niçoise, réforme qui consistait simplement à revenir au système orthographique propre à la vieille langue d'*oc* et parfaitement conforme au génie de cette langue, même dans tous ses dialectes modernes. Ce travail ne laissait pas d'offrir d'assez grandes difficultés : tout était à refaire ; il fallait abattre, détruire, avant d'édifier ; mais enfin, s'appuyant sur ces grands principes fondamentaux : *la bonne prononciation, l'étymologie et l'usage ancien, les lois de la phonétique et celles de la dérivation*, les membres fondateurs de l'École, après une discussion approfondie sur chaque point, sur chaque détail d'un sujet aussi ardu que celui d'une complète réforme orthographique, ont pu établir un système rationnel d'orthographe niçoise, dont l'*Exposé* a été publié par la Société des Lettres, Sciences et Arts des Alpes-Maritimes, et qui a obtenu l'approbation des juges les plus compétents, des meilleurs esprits de Nice et du département.

Comme complément indispensable de sa première œuvre, l'École de Bellande a dû ensuite s'occuper de la publication d'une grammaire et d'un dictionnaire de l'idiome niçois, avec application de sa réforme orthographique. La grammaire est en vente à la librairie Visconti depuis le 1er janvier de cette année ; le dictionnaire est en voie de préparation, et en attendant que l'impression puisse en être commencée, l'École publiera à la même librairie une édition nouvelle et annotée de *la Nemaïda* de Rancher, suivie de diverses poésies inédites du même auteur.

---

1. *Exposé d'un système rationnel d'orthographe niçoise*, par A.-L. Sardou.

Pour les publications ultérieures, il sera fait un choix parmi les compositions en langue niçoise ou en dialecte de l'arrondissement de Grasse, indistinctement.

En rendant à l'idiome niçois son orthographe naturelle, celle qu'avaient toujours suivie nos pères jusqu'au XVII° siècle, l'Ecole a accompli sa première œuvre ; mais cette œuvre ne sera profitable que si tous les bons écrivains niçois qui s'intéressent à l'avenir de la langue et de la littérature propre de leur pays, adoptent la réforme proposée.

Alors, mais seulement alors, la muse niçoise sortira de l'isolement où elle s'est trouvée réduite : elle franchira les étroites limites qui l'emprisonnent encore ; elle fera enfin entendre sa voix dans le concert si retentissant aujourd'hui, où les dignes héritiers des anciens troubadours font résonner les sons harmonieux de la vieille langue d'*oc*, reparaissant dans tout l'éclat d'une nouvelle et brillante jeunesse.

N. B. — Nous avons reproduit aussi exactement que possible les diverses pièces de poésie et de prose en dialectes de la langue d'*oc*, avec l'orthographe de leurs auteurs; nous nous sommes permis seulement de surmonter d'un accent grave l'*a* final de l'infinitif des verbes : *dansà* (danser), *ajudà* (aider), comme nous sommes obligés de le faire pour notre idiome niçois, qui n'ayant pas encore remplacé par un *o* la vieille terminaison en *a*, ainsi qu'on l'a fait ailleurs dans un grand nombre de cas, use de ce moyen parfaitement correct pour distinguer le présent de l'infinitif *dansà*, *ajudà*, de la 3° pers. de l'indicatif, *dansa* (il danse), *ajuda* (il aide), et aussi des substantifs *la dansa* (la danse), l'*ajuda* (l'aide).

Ici, d'ailleurs, l'accent grave annonce, suivant l'usage ordinaire, que l'accent tonique tombe sur la syllabe finale et que par conséquent la pénultième est brève, tandis qu'elle est longue à la 3° pers. de l'indicatif présent *dansa*, *ajuda*, et dans les substantifs *la dansa*, l'*ajuda* ; de plus cet accent grave rappelle en quelque sorte l'*r* qui terminait jadis et termine encore, en divers lieux du midi, le présent de l'infinitif : *dansar*, *ajudar*, etc.

Par les mêmes raisons nous avons mis l'accent grave sur l'*i* final de l'infinitif des verbes de la 2° conjugaison : *veni* (venir), *veni* (je viens).

PREMIÈRE PARTIE

COMPTE RENDU

DE L'ASSEMBLÉE GÉNÉRALE DE LA MAINTENANCE TENUE A NICE

Le dimanche, 5 mars, à une heure de l'après-midi, les félibres qui avaient répondu à l'invitation du secrétaire de la Maintenance, se sont réunis au pavillon de la Bourse, boulevard Dubouchage, dans une grande salle ornée de drapeaux français et niçois, de plantes rares, de fleurs et de riches écussons armoriés, le plus beau portant les armes de Provence, les autres celles des cinq principaux troubadours de l'ancien comté de Nice : *Blacas, Blacasset, Bertrand du Puget, Raymond Féraud* et *Guillaume Boyer*.

Etaient présents : Frédéric Mistral, *capoulié* (chef) du Félibrige ; Joseph Roumanille, doyen des félibres; Marius Bourrely, syndic, et Jean Monné, secrétaire de la Maintenance; Huot, Guisol et Verdot, de Marseille ; Jourdan, Habay, Guérin, Sidore et Aubenas, de Fréjus ; tous arrivés à Nice la veille ou le matin même de la fête, et à leur entrée dans la salle, échangeant des poignées de main avec les félibres de l'Ecole de Bellande, dont voici les noms: A.-L. Sardou, *cabiscòu* (président) de ladite Ecole, accompagné de son fils Victorien, de l'Académie Française ; le comte Hélion de Barrême, vice-président, et J.-B. Calvino, secrétaire ; le colonel Nicot de Villemain ; Fernand Lagarrigue, consul de Portugal ; le docteur Henry, président de la Société des Lettres, Sciences et Arts; Fr. Brun, secrétaire de cette même société ; Edmond Blanc, bibliothécaire de la ville ; Alexandre Défly, banquier ; Henry Marcy, Funel de

Clausonne et Massiera, avocats ; Berthé, attaché d'ambassade ; les littérateurs et publicistes Ch. Deslys, Domergue, Lan, Garien, Clément Ferrière, Louis Docteur et Stigny d'Escarreau ; — Sénéquier, juge de paix ; Terrin, conseiller et Icard, pharmacien, tous trois de Grasse ; — Marius Bernard, docteur en médecine ; Dujon, littérateur, et Louis Funel, instituteur, de Cannes ;—Loques, négociant, à Vence; Beuf, négociant à Vallauris ; W. James Bruyns Andrews, félibre américain, propriétaire à Menton [1].

« Jamais, dit le journal provençal *Lou Brusc*, jamais on n'avait vu réunion de Maintenance aussi belle, aussi nombreuse. Celle de Toulon, l'année dernière, était superbe ; mais celle de Nice la surpasse de beaucoup ; elle marquera profondément dans les annales du Félibrige [2].

Anciens et nouveaux confrères de Nice, du département et de divers points de la Provence font ou renouvellent connaissance et causent gaiement entre eux, tous les visages rayonnant de bonheur et d'espérance. Après ce premier quart d'heure d'expansion mutuelle, le syndic, Marius Bourrely, annonce que la séance est ouverte ; chacun alors prend place à la table du banquet fraternel. Comme de juste, Frédéric Mistral occupe la place d'honneur, ayant à sa droite A.-L. Sardou et Roumanille, à sa gauche, Victorien Sardou et Charles Deslys.

Avant tout et conformément à l'usage suivi dans les assemblées générales de la Maintenance, le secrétaire J. Monné soumet ses comptes au bureau présidé par Mistral et lit son rapport sur les travaux de l'année 1881 ; après quoi il proclame les noms de quarante-cinq nouveaux main-

1 N'avaient pu assister à la réunion : MM. Teysseire, météorologiste; Corinaldi, propriétaire ; de Mougins-Roquefort, conseiller à la Cour d'Appel d'Aix ; le docteur Torreille, conseiller général, de Vence ; Bailet, chef de division à la Préfecture ; le docteur Lambert, Eugène Patette et Oliveira Pirès.

2 Jamai s'èro visto reunioun de Mantenènço tant bello e tant noumbrouso. Aquelo de Touloun, de l'an passat, èro superbo ; mai aquelo de Niço, la passo encaro de forço e marcara e majamen dins lis annalo felibrenco (*Lou Brusc*, 12 de mars 1882).

teneurs admis, cette même année, dans la grande famille du Félibrige[1].

Ces noms acclamés de chacun, on entame les premiers morceaux du dîner ; et, tout en faisant honneur au menu, on engage avec ses voisins une conversation empreinte de la plus franche cordialité.

Au dessert, le syndic Marius Bourrely se lève et prononce le discours suivant, fréquemment interrompu par d'unanimes applaudissements.

DISCOURS DU SYNDIC DE LA MAINTENANCE [2]

Messiès e gai counfraire,

Paraulo longo fan jour court, dis lou prouverbi ; e coumo la journado proumète d'estre foueço bello pèr lou Felibrige, au mitan de la soucietà d'elei ounte si trouban, sariè dóumagi de nen perdre uno minuto en s'amusant ei bachiquello de la puerto e en tirant nouesto poudro ei passeroun. Es vous dire que vèni pas vous faire un discours sus la pluèio vo lou bèu tèms, pèr la resoun touto simplo que lei sàbi pas faire e que sarai pas long dins ma charradisso. Regrèti qu'uno cauvo : es que l'us consacra dins leis assemblado de Mantenenço eisige que lou Sendi prengue la paraulo, que la sache manejà vo noun, quand n'i a tant d'autre mies parteja qu'èu pèr acò e pus autourisa, que soun oublija de restà lengo muto pèr l'escoutà, vo dóu mens nen aguè vejaire. Lei cartabèu an d'aqueleis eisigènci brutalo e forço nous es de nous li soumètre. Pamèns se nen fau pas tròu plagne, perço que nous an laissa carto libro e dounà touto libertà de nen dire foueço vo gaire, segoun lei circounstanço. Nen prouficharai, dins voueste interès..... e dins lou mièu peréu. Sabi qu'eici brulariéu ma poudro au soulèu ! Parlà e se taisà à

---

1. La liste de ces nouveaux *manteneire* s'ouvre par les noms de quatre dames : la comtesse d'Arbaud, félibresse du Caulon, et Mmes Daniel (Lazarine), félibresse de la Crau ; Delille-Badetti (Marie-Thérèse), de Marseille, et Berthe Lieutaud, de Volone.

2. En dialecte marseillais.

prepaus es uno facultà qu'es pas dounado en tout lou mounde.

Sabès que la Mantenenço de Prouvenço devié s'acampà toujour dins aquest rode, lou 5 dôu mes passa; mai uno malautié de noueste car Secretari me la faguè remandà à plus tard. L'an davans adejà, lou meme moutiéu nous privè de sa presènci à Touloun, e quand viguèri que lou sort aviè l'èr de mai vouguè nous enganà aquest an, me diguèri : « Fau enganà lou sort! » Lei Prouvençau, sian testard, e quand avèn coutà quaucarèn, fau que siègue. Après la malautié venguè d'autrei resoun nous barrà lou passàgi e mètre de peiro su lei rail. En qualita d'emplega dôu camin de ferri, acò me rebutè pas. Un còup siguè lou carnavas, l'autre, leis eleicien ; mai s'agissié de venì dins lou païs mounte l'esprit e la scienci flourissoun emé lou meme envanc que leis arangié, e ren poudié nous faire reculà. Sucamen, de dimenche en dimenche, nen sian arriba en aquest jour, 5 de mars. Es jamai tròu tard pèr ben faire, dison, e aujour-d'ui qu'avèn franqui touti lei dificulta, devessa touti leis empachié e cauca souto lei pèd touti leis entravedis que nous metien dins lei cambo, lou Felibrige, urous e fier, se rejouis de se troubà, san de cors e d'esprit, au mitan de sa nouvello famiho, aquelo *Escolo de Bellanda*, qu'a dejà tant fa per per éu e que fara encaro mai, aro qu'aura vist soun Capoulié e quauqueis un de sei viei cepoun venî frairejà em'elo « e partajà lou pan, lou vin emé la sau ! »

Ço que Mistral disiè dei Catalan se pòu dire dei Niçard. Niço, dins l'ancien tèms, apartenié ei Comte de Prouvenço e se douné à la Savoio en 1388. Pu tard siguè reünido à la Franço, e lou Coumta dôu reiaume de Sardeigno venguè lou despartamen deis Aup-Maritimo en jusqu'en 1814, mounte siguè reünido au Piemount. Revengudo tourna-mai, e de nouestei jour, à la grando patrio, au-jour-d'ui pouden dire qu'es nouesto ; e lou Felibrige, en venènt co d'elo, a lou dré de se creire enco d'éu. Niço a parla la memo lengo que nautre e lei lengo mouèron pas. Lei Sardo, lei Savouïard et lei Piemountés an pouscu la trapià souto d'elei : s'es retirado, s'es endourmido ; mai es pas mouerto ; e la provo n'es que la vesen se derevihà de jour en jour e de mai en mai. Gràci nen sigue rendudo à l'*Escolo de Bellanda* e à soun valènt cabiscòu, En[1] Sardou, que pouerto aut nouèste drapèu.

Sentinello avançado, sempre drecho sus lei cresten d'aquestei mountagno que separon la Franço de l'Itali, li a tèms long que lou vesèn, toujour prest à desfendre lei dre de nouesto bello lengo neo-roumano contro l'envadissimen dei marri dialeito italian, e lest à escrièure dins l'istori soun acaminamen lent e mesurà, au mitan d'aquelei populacien mesclado de sang, mai toujou ensouleiado. Es à soun ajudo que lou Felibrige dèu sa reneissènço dins leis Aup de la mar e Niço sa reunien à la pichoto patrio prouvençalo. Lou Felibrige, adounc, tenié à pagà soun déute de recounouissènço a-n-aquèu valent capitan qu'a tout fa pèr soun païs e pèr sa causo ; es pèr acò qu'a tengut, maugrat tout, à venì s'aquità publicamen e à prouclamà à voues auto, à la faci dòu soulèu, soun triounfle, que resplendis sus toutei nautre.

Dei bord dòu Rose e de la Durenço, seguisson lou mouvamen que s'òupero au luen, e perden jamai de visto lei soudard que caminon souto nouèste drapèu e coumbaton pèr la causo sacrado que defenden à nouèste tour, emé tout l'envanc e touto la forço que douno ei couèr ben trempa l'amour de la patrio. Quand lou moumen e l'oucasien nous soun douna de pousqué va li dire, prenen noueste vòu e arriban au mitan d'elei, coumo sian arriba, en aquest jour, au mitan de vous autre. Es ansin que nous veson un jour sus lei bord de la Garouno, e l'autre sus lei bord dòu Var ; es coumo acò que nous an vist en Catalougno, en Espagno, en Itali e meme dins la Roumanio, siegue en cors, siegue à despart. Vesès adounc

---

1. *En*, espèce de titre honorifique ou de signe de distinction usité autrefois dans le Midi ; sieur, sire, don : *En Peire d'Aragoun.* — Les félibres donnent ce titre aux majoraux de leur Consistoire : *En Carle de Tourtoulon, En Roumaniho, En Bourrely,* M. Charles de Tourtoulon, M. Roumanille, M. Bourrely. (*Dictionnaire provençal-français,* par Fréd. Mistral).

que lou Felibrige es pas tant separatisto que ço que voulien dire ; e au fur e à mesuro que desplego seis alo, va à la counquisto de touti lei pople de raço latino, mounte adejà a de representant. Un jour, qu'es pas tant aluencha bessai que ço que se crèson, finira per foundà aquel empèri dóu soulèu qu'a fa dreissà leis espalo ei gent a courto visto, quand lou Capoulié l'a mes en avans. Qu nous aurié di, en 1852, quand se reünisserian en Arle, qu'arribarian mounte nen sian arribà? Degun! En dounant un còup d'uei sus lou passa, aurian tort de doutà de l'aveni.

Mai, en esperant, se fau acountentà d'avé counquist, l'an d'avans sucamen, lou despartamen dóu Var en generau, e aquest an la vilo de Niço en particulié. Counquistà Niço, dóu viei latin *Nicæa*, es naturalamen counquistà la *vitori !*

Messiès, vous ai proumés d'estre court e voueli teni ma paraulo. Deman cadun de nous autre retournara dins soun oustau, qu dins sa vilo, qu dins soun vilagi, touti dins sa famiho ; e quand nous demandaran de mounte venen, li respoundren : « Arriban de Niço-en-Prouvenço ! »

Messieurs et gais confrères,

Les paroles longues font les journées courtes, dit le proverbe ; et comme la journée promet d'être fort belle pour le Félibrige, au milieu de la société d'élite où nous nous trouvons, ce serait dommage d'en perdre une minute en nous amusant aux bagatelles de la porte et en tirant notre poudre aux moineaux. C'est vous dire que je ne viens pas vous faire un discours sur la pluie ou le beau temps, par la raison toute simple que je ne sais pas les faire et que je ne serai pas long dans ma causerie. Je ne regrette qu'une chose : c'est que l'usage consacré dans les assemblées de Maintenance exige que le Syndic prenne la parole, qu'il sache la manier ou non, quand il y en a tant d'autres mieux partagés que lui en cela et plus autorisés, qui sont obligés de rester langue muette pour l'écouter, ou du moins en avoir l'air. Les règlements ont de ces exigences brutales et force nous est de nous y soumettre. Cependant il ne faut pas trop nous en plaindre, parce qu'il nous est laissé carte libre et donné toute liberté d'en dire beaucoup ou peu, selon les circonstances. J'en profiterai dans votre intérêt..... et dans le mien aussi. Je sais qu'ici je brûlerais ma poudre au soleil ! Parler et se taire à propos est une faculté qui n'est pas donnée à tout le monde.

Vous savez que la Maintenance de Provence devait s'assembler, toujours en ce lieu, le 5 du mois passé ; mais une maladie de notre cher Secrétaire me la fit renvoyer à plus tard. L'année dernière déjà, le même motif nous priva de sa présence à Toulon ; et quand je vis que le sort avait l'air de vouloir se moquer de nous, de nouveau, cette année, je me dis : « Il faut se moquer du sort ! » Les Provençaux, nous sommes têtus, et quand nous avons décidé quelque chose, il faut que cela soit. Après la maladie, vinrent d'autres raisons nous barrer le passage et mettre des pierres sur les rails. En qualité d'employé du chemin de fer, cela ne me rebuta pas. Tantôt ce fut le carnaval, une autre fois les élections ; mais il s'agissait de venir dans le pays où l'esprit et la science fleurissent avec le même entrain que les orangers, et rien ne pouvait nous faire reculer. Seulement, de dimanche en dimanche, nous sommes arrivés à ce jour, 5 de mars. Il n'est jamais trop tard pour bien faire, dit-on, et maintenant que nous avons franchi toutes les difficultés, renversé toutes les barrières et foulé aux pieds toutes les entraves qu'on nous mettait dans les jambes, le Félibrige, heureux et fier, se réjouit de se trouver, sain de corps et d'esprit, au milieu de sa nouvelle famille, cette *Ecole de Bellande*, qui a déjà tant fait pour lui et qui fera encore davantage, maintenant qu'elle aura vu son chef et quelques-uns de ses vieux soutiens venir fraterniser avec elle « et partager le pain, le vin et le sel ! »

Ce que Mistral disait des Catalans peut se dire aussi des Niçois. Nice, dans les temps anciens, appartenait aux comtes de Provence et se donna à la Savoie en 1388. Plus tard elle fut réunie à la France et le comté du royaume de Sardaigne devint le département des Alpes-Maritimes jusqu'en 1814, où elle fut réunie au Piémont. Revenue de nouveau, et de nos jours, à la grande patrie, nous pouvons dire qu'elle nous appartient ; et le Félibrige, en venant chez elle, a le droit de se croire chez lui. Nice a parlé la même langue que nous et les langues ne meurent pas. Les Sardes, les Savoyards et les Piémontais ont pu la fouler aux pieds : elle s'est retirée, s'est assoupie ; mais elle n'est pas morte, et la preuve en est que nous la voyons se réveiller de jour en jour et de plus en plus. Grâces en soient rendues à l'*Ecole de Bellande* et à son excellent capiscol M. Sardou, qui porte haut notre drapeau.

Sentinelle avancée, toujours debout sur les crêtes de ces montagnes qui séparent la France de l'Italie, il y a de longues années que nous le voyons, toujours prêt à défendre les droits de notre

2

belle langue néo-romane contre l'envahissement des mauvais dialectes italiens et prompt à écrire dans l'histoire son acheminement lent et mesuré, au milieu de ces populations mêlées par le sang, mais toujours ensoleillées. C'est à son aide que le Félibrige doit sa renaissance dans les Alpes de la mer et Nice sa réunion à la petite patrie provençale. Donc, le Félibrige tenait à payer sa dette de reconnaissance à ce vaillant chef qui a tant fait pour son pays et pour sa cause : c'est pour cela qu'il a tenu, malgré tout, à venir s'acquitter publiquement et proclamer à haute voix, à la face du soleil, son triomphe qui resplendit sur nous tous.

Des bords du Rhône et de la Durance, nous suivons le mouvement qui s'opère au loin et nous ne perdons jamais de vue les soldats qui marchent sous notre drapeau et combattent pour la cause sacrée que nous défendons à notre tour, avec toute l'énergie et la force que donne aux cœurs bien trempés l'amour de la patrie. Quand le moment et l'occasion nous sont donnés de pouvoir le leur dire, nous prenons notre vol et nous arrivons au milieu d'eux comme nous sommes arrivés aujourd'hui au milieu de vous autres. C'est ainsi que l'on nous voit un jour sur les bords de la Garonne, et l'autre sur les bords du Var ; c'est ainsi que l'on nous a vus en Catalogne, en Espagne, en Italie et même dans la Roumanie, soit en corps, soit à part. Vous voyez donc que le Félibrige n'est pas aussi séparatiste qu'on a bien voulu le dire ; et au fur et à mesure qu'il déploie ses ailes, il va à la conquête de tous les peuples de race latine, où il a déjà des représentants. Un jour, qui n'est peut-être pas aussi éloigné qu'on le croit, il finira par fonder cet empire du soleil qui a fait hausser les épaules aux personnes à courte vue, quand le maître l'a mis en avant. Qui nous aurait dit, en 1852, lorsque nous nous réunissions à Arles, que nous arriverions où nous en sommes ? Personne ! En donnant un coup d'œil sur le passé, nous aurions tort de douter de l'avenir.

Mais, en attendant, il faut nous contenter d'avoir conquis, l'année dernière seulement, le département du Var en général, et cette année, la ville de Nice en particulier. Conquérir Nice, du vieux latin *Nicæa*, c'est naturellement conquérir la *victoire!*

Messieurs, je vous ai promis d'être bref et je veux tenir ma parole. Demain chacun de nous retournera dans sa maison, qui dans sa ville, qui dans son village, tous dans leur famille ; et quand on nous demandera d'où nous venons, nous répondrons : « Nous arrivons de Nice-en-Provence ! »

Le bruit des applaudissements qui ont accueilli les dernières paroles de Bourrely est à peine éteint que le *capis-*

col, M. Sardou père se lève à son tour et prononce l'allocution dont voici le texte en dialecte de l'arrondissement de
Grasse[1].

DISCOURS DU CAPISCOL DE L'ÉCOLE DE BELLANDA

Messiès e gai counfraire,

Se m'asardi a prene la paraulo après lei bello e bouono cauvo
que venen d'ausì, es pas per vous faire uno longo e tediouso
charradisso : vouoli soulamen, au noum dei felibre de Niço
e dóu departamen, adreissà un courau gramaci à nouostre
illustre *Capoulié*, prouclamat de cadun l'*Omero prouvençau*;
au celebre cantaire dei *Margarideto*, que touti saludan dóu
béu noum de *Paire dóu Felibrige;* ai doui brave e valent
troubaire lou Sendi e lou Secretari de nouostro Mantenenço ; enfin à toui lei mestre en Gai-Sabé que soun vengut
de tant luen faire resplendi lou trelus dei rais de Santo
Estello su lou bren de nouostro *Escolo de Bellanda.*

Bellanda! Vaquì un mot que demando bessai une brigo
d'esplicacioun : continui dounco encaro un pau, se li sias
counsent.

Perqué *Bellanda ?* Aqueu viei noum dóu castéu e même
de la cieutat de Niço retrai dins nouostre esprit lou tèms
mounte la lengo d'oc e sa literaturo flourissien dins touto
la Crestiantà, alor que lei troubaire de nouostre béu Miéjou
fasien en tout païs, e subretout en Italio e en Espagno, de
noumbrous escoulan ben léu passat mestre en l'art de *trobar*
o coumpousà en lengo prouvençalo.

Es pas aici lou cas de s'arrestà sus aquelo epoco glou-
riouso de nouostro istori : revenen à *Bellanda* o *Niço de
Prouvença,* coumo disien dins aquéu tèms, coumo despiei
a toujou dich la Cancelario dei prince de Savoio, e coumo
dison peréu leis istourian niçard eli même.

Niço tamben aguet lei siéu troubadour. Laissas-mi vous
dire quau fougueron : remembrà lei siéu noum un jou coumo

1 M. A.-L. Sardou est né au Cannet près Cannes.

ancuei es, à moun escien, rendre un óumage deugut à la memóri d'ome que, em'ei siéu cant armounious, an charmat nouostre reire e soun estat l'ounour de nouostre païs.

Lou pramier en dato es *Blacas*[1]. — Nascut à Niço, dei seignour d'Eza, nous asseguro Raynouard, Blacas siguet un brave e brihant chivalié e un bouon poueto prouvençau. Lou famous *Sordello*, troubaire italien de Mantouo, faguet su la mouort de Blacas uno dei pu bello peço de pouesio prouvençalo que si counouisse.

Piei ven *Blacasset*, fiéu de Blacas e, coumo soun paire, bouon, brave, generous, e troubaire de grand renoum.

Après éu, *Bertrand dòu Puget*. Un viei manuscrit parlo ensin d'aquéu troubadour: « Bertrand del Pojet si fo un « gentils castellan de Proensa, de Teniers, valens caval- « liers e larx e bons guerriers. E fes bonas cansos e bons « sirventes. »

En après *Raymoun Feraud*, d'Ilonzo, descendent dei comte de Fourcalquié. Feraud passet quasi touto la siéu jouinesso à la cour de Carle Ier et de Carle segound, *lou goi*, touti doui rei de Naple e comte de Provenço; si rendet mounge à Lerins e mouret Priou de la Roco-Esteroun, ounte avié coumpousat sa granda e curiouso legendo titoulado *La Vida de sant Honorat*.

Enfin *Guihem Boyer* de Niço, matématician, mège, naturalisto, etc. Aquéu savent troubaire prouvençau, vieuguet lontèms à Naple au servici dóu rei Carle Segound e de sonn sucessour Roubert *lou Savi*. Si crei mème que lou rei Roubert lou noumet Poudestat de Niço.

Aro es proun aisat de veire perqué aven batejat nouostro Escolo dóu noum de *Bellanda*. Aquéu noum, per nautre, vóu dire que leis anéu de la cadeno routo autre tèms si soun

---

1. En prononçant ce nom, M. Sardou, le bras étendu et la voix vibrante, montre l'écusson de Blacas et successivement celui des quatre troubadours suivants. Son attitude, son geste, l'émotion de sa voix sont tels que les auditeurs, enlevés, dominés par cette scène dramatique, éclatent en longs applaudissements qui accompagnent l'orateur jusqu'à la fin de sa péroraison.

rajustat lou jou que Niço, revengudo à la Franço de sa
propro voulountà, es rintrado dins la grando famiho de la
lengo d'*oc*.

Per reviscoulà dins nouostre couor lou souvenì d'aquel
urous evenimen, qualo pu bello oucasioun si poudié res-
countrà qu'aquelo de la pramiero *felibrejado* tengudo à
Niço? Siéu dounco segur, car e ounourat counfraire, que
lei souvet que fau e vouolì vous dire en finissen, soun encaro mai lei vouostre : « Longo prousperità à la vilo de
« Niço, noblo fiho de la fouceèno *Massalia*, e toustèms
« frairenalo unioun, entre touti leis Escolo felibrenco dóu
« Miéjou, nouostro coumuno patrio! »

Messieurs et gais confrères,

Si je me hasarde à prendre la parole après les belles et bonnes
choses que nous venons d'entendre, ce n'est pas pour vous faire
une longue et ennuyeuse causerie. Je veux seulement, au nom
des félibres de Nice et du département, adresser un cordial remer-
cîment à notre illustre *Capoulié*, proclamé de chacun l'*Homère
provençal ;* au célèbre chanteur des *Pâquerettes*, que tous nous
saluons du beau nom de *Père du Félibrige ;* aux deux braves et
vaillants trouvères, le Syndic et le Secrétaire de notre Maintenance ; enfin, à tous les maîtres en Gai-savoir[1] qui sont venus de
si loin faire resplendir l'éclat des rayons de *santo Estello*[2] sur le
berceau de notre *Ecole de Bellande.*

Bellande! voilà un mot qui demande peut-être un brin d'explication ; je continuerai donc encore un peu, si vous y consentez.

Pourquoi *Bellande?* Ce vieux nom du château et même de la
cité de Nice rappelle à notre esprit le temps où la langue d'*oc* et
sa littérature fleurissaient dans toute la chrétienté, alors que les
troubadours de notre beau Midi formaient en tout pays, et principalement en Italie et en Espagne, de nombreux disciples bientôt

1. C'est-à-dire *agréable savoir*, *aimable science*. Les félibres ont fait
revivre cette locution, qui se disait anciennement de la poésie des troubadours.

2. Le provençal *Estello* signifie à la fois en français *Estelle*, nom de
femme, et *étoile*. Le Félibrige, société littéraire fondée par sept poëtes
provençaux, le 21 mai 1854, fête de sainte Estelle, a pris pour symbole
une étoile à sept rayons.

passés maîtres en l'art de *trobar* [1], c'est-à-dire de composer en langue provençale.

Ce n'est pas ici le cas d'insister sur cette glorieuse époque de notre histoire : revenons à *Bellande* ou *Nice de Provence*, comme on disait en ce temps, comme depuis a toujours dit la Chancellerie des princes de Savoie, et comme disent les historiens niçards eux-mêmes.

Nice eut aussi des troubadours. Laissez-moi vous dire quels ils furent: rappeler leurs noms un jour comme celui-ci, c'est, à mon avis, rendre un hommage dû à la mémoire d'hommes qui, par leurs chants harmonieux, ont charmé nos ancêtres et ont été l'honneur de notre pays.

Le premier en date est *Blacas* [2]. Né à Nice, des seigneurs d'Eze, assure Raynouard, Blacas fut un brave et brillant chevalier et un bon poëte provençal. Le fameux *Sordello*, troubadour italien de Mantoue, fit sur Blacas une des plus belles pièces de poésie provençale que l'on connaisse.

Puis vient Blacasset, fils de Blacas, et, comme son père, bon, brave, généreux et troubadour de grand renom.

Après lui, *Bertrand du Puget*. Un vieux manuscrit parle ainsi de ce troubadour : « Bertrand du Puget fut un noble châtelain de « Provence, de Théniers, vaillant chevalier et généreux, et bon « guerrier. Et il fit bonnes chansons et bons *sirventes* [3]. »

Ensuite *Raymond Féraud*, d'Ilonze, descendant des comtes de Forcalquier. Féraud passa presque toute sa jeunesse à la cour de Charles Ier et de Charles II, *le boiteux*, tous deux rois de Naples et comtes de Provence ; il se fit moine à Lérins et mourut Prieur de la Roque-Estéron, où il avait composé sa grande et curieuse légende intitulée : *la Vie de saint Honorat*.

Enfin, *Guillaume Boyer*, de Nice, mathématicien, médecin, naturaliste, etc. Ce savant troubadour provençal vécut longtemps à Naples, au service du roi Charles II et de son successeur Robert *le Sage*. On croit même que le roi Robert le nomma Podestat de Nice.

Maintenant il est bien facile de voir pourquoi nous avons baptisé notre école du nom de Bellande. Ce nom, pour nous, signifie

---

1. Littéralement *trouver*, c'est-à-dire inventer, créer, d'où *trobaire* au cas sujet et *troubadour* au cas régime.

2. Voir la note au bas de la page 20.

3. *Canso* (chanson) ou *lai*, forme poétique employée le plus souvent pour exprimer les sentiments d'un cœur amoureux. *Sirvente,* satire personnelle ou générale qui prenait parfois le caractère d'une louange indirecte.

que les anneaux de la chaîne brisée jadis se sont rajustés le jour
où Nice, revenue à la France de sa propre volonté, est rentrée
dans la grande famille de la langue d'*oc*.

Pour raviver dans nos cœurs le souvenir de cet heureux événement, quelle plus belle occasion pouvait-elle s'offrir que celle de
la première assemblée de félibres tenue à Nice ? Je suis donc certain, chers et honorés confrères, que les souhaits que je fais et
vais vous dire en terminant sont les vôtres plus encore que les
miens : « Longue prospérité à la ville de Nice, noble fille de la
« phocéenne Marseille, et en tout temps fraternelle union entre
« toutes les écoles félibréennes du Midi, notre commune patrie. »

L'orateur va se rasseoir ; mais l'assemblée, électrisée par
les accents patriotiques qu'il lui a fait entendre, s'est dressée tout entière, poussant des acclamations et redoublant
ses battements de main. Frédéric Mistral se jette au cou du
majoral[1] Sardou et étreint ce digne vieillard sur sa généreuse poitrine ; Roumanille, à son tour, l'embrasse avec
effusion. Nombre d'éminents félibres s'approchent pour
faire comme ces deux illustres maîtres, lorsque Victorien
Sardou s'avance vers son vieux père : tout le monde s'écarte, et le père et le fils, tombant dans les bras l'un de l'autre, tous deux pleurant de bonheur, se tiennent longtemps
serrés les lèvres sur les lèvres, le cœur sur le cœur, aux
applaudissements émus de toute l'assistance.

Chacun a repris sa place : Mistral, seul resté debout,
prend la parole et pendant un quart d'heure tient son auditoire sous le charme d'une improvisation vive, spirituelle,
enjouée, que nous avons pu recueillir et que voici :

IMPROVISATION DE FRÉDÉRIC MISTRAL [2]

Messiès et gai counfraire,

Au tèms de ma jouinesso, quand barrulave dins Prouvenço pèr counèisse e amirà li bèuta de noste païs, un jour

---

1. *Majoral*, titre le plus élevé dans la hiérarchie du Félibrige. Les
majoraux sont au nombre de cinquante et constituent, dans leur réunion,
le *Consistoire félibréen*.

2. En dialecte avignonnais.

venguère à Niço. I'a d'acò belèu trento an ; de camin de
ferre n'i'aviè ges, arribère d'a pèd, dins un camin tout plen
de pòusso blanquinello e tout bourda d'òulivié que jamai lou
fauci lis avié rebrounda ; e Niço d'aquéu tèms èro d'Itali, e
iéu veniéu cercà la fin de la Prouvenço, la fin de nostri raro
e de noste parlà.

Tout en-un-cop, de-long de la mar bluio, meme au bord
de la mar, iéu veguère uno bigo pourtant un escritèu ounte
èro escri en prouvençau, en prouvençau tout pur : *Raubo-*
Capèu. Vous dire lou plasé que me faguè aco-d'aqui, Messiès, n'es pas poussible. Dins uno terro liuencho, que la
Geougrafia apelavo estrangiero, veniéu de retroubà la lengo
prouvençalo de Marsiho emai d'Arle, emé soun ourtougrafi
naturalo, ourtougrafi qu'alor cercavian de restabli dins lis
escri de nosto lengo, ourtougrafi raciounalo que retroubave
aqui vivento e emplegado municipalamen, à l'usage de touti
e à bèus iue vesent ! E m'escridere : « Niço, Niço, que Dieu
« te crèisse ! car au-liò d'estre, vese, la fin de Prouvenço,
« nen sies la coumençanço e la racino la plus founso ; e
« nosti segne-grand avien milo fes resoun quand te nou-
« mavon ourgueious : *Cap de Prouvenço !*[1] »

Intrere dins la vilo, qu'èro alor amagado au pèd de soun
castèu e que se souleiavo coume uno lagramuso ; e en m'es-
pacejant dins si carriero estrecho e poulidamen bardado,
noun poudiéu m'assadoulà d'ausi, dins la bouqueto de vòsti

---

1. Ce titre de *Cap* (tête) *de Provence* fut le qualificatif ordinaire de Nice
pendant tout le moyen âge. En 1492, François Pellos, mathématicien distin-
gué de Nice, terminait par les vers suivants son livre intitulé : *Compendion*
de lo abaco.

> Complida es la opera, ordenada he condida
> Per noble Frances Pellos. Citadin es de Nisa ;
> La qual opera a fach, primo ad laudem del Criator
> Et ad laudour de la ciutat sobredicha
> La qual es *cap de terra nova en Provensa*
> Contat es renomat per la terra universsa.

Ce précieux ouvrage, imprimé à Turin, est entièrement en niçois écrit,
comme on le voit ici, avec son orthographe naturelle, la même que celle de
tout dialecte romano-provençal, et non avec l'orthographe italienne, qui
ne fut imposée au niçois qu'un siècle plus tard. Il est conservé à la Biblio-
thèque municipale de Nice, où chacun peut le consulter.

bruni filho, sounà e musiquejà lou franc parlà de la Prouvenço.

Piei intrère encò d'un libraire, e croumpère la *Nemaïda*, aquéu galoi pouèmo de la vido niçardo, pouèmo tant verai qu'adematin, Messiès, en tournant m'espaçà autour de Santo Reparado, n'ai recouneigu li tipe encaro touti viéu.

Quau m'aurié di alor que, belèu trento an après, en revenèn à Niço, la troubariéu franceso e prouvençalo maique-mai, emé sa valerouso Escolo de *Bellanda*, qu'aubouro dins l'azur de voste gòu meravihous lou gai drapèu dóu Felibrige! Quau m'aurié di, Messiès, que la retroubariéu bello coumo jamai, emé de grand carriero e de palais princié que retrason Paris, mai un Paris emé lou cèu d'Itali, mai un Paris emé lou soulèu d'or, mai un Paris emé la mar lindo!

Longo-mai, gento Niço, t'espandigues au soulèu, per l'ounour de la Prouvenço, per la glori de la Franço, per lou regale de tout lou mounde! E amigo de touti, apares nosto lengo, bravamen, fieramen coumo ta Segurano, quand s'immourtalisavo au bastioun di *Cinq-caire!*

Messieurs et gais confrères,

Au temps de ma jeunesse, lorsque je parcourais la Provence pour connaître et admirer les beautés de notre pays, je vins un jour à Nice. Il y a bien de cela trente ans : pas de chemin de fer alors ; j'arrivai à pied par une route toute pleine de poussière blanchâtre et bordée d'oliviers que jamais serpe n'avait élagués ; et Nice en ce temps était pays d'Italie, et je venais chercher la frontière de la Provence, les limites de notre terre et de notre langage.

Tout à coup, le long de la mer bleue, sur le rivage même, je vis un poteau surmonté de cette inscription en provençal, en provençal tout pur : *Raubo-capéu*[1] . Vous dire le plaisir que cela me fit, Messieurs, est impossible. Dans une terre lointaine, que la Géographie disait étrangère, je venais de retrouver la langue provençale de Marseille et d'Arles, avec son orthographe naturelle, orthographe que nous tâchions alors de rétablir dans les écrits de

1. Littéralement *dérobe chapeau:* parce que le vent, en cet endroit, souffle parfois tellement fort qu'il vous enlève votre couvre-chef.

notre langue, orthographe rationnelle que je retrouvais là vivante et employée par la Municipalité à l'usage de tous et à beaux yeux voyant ! Et je m'écriai : « Nice, Nice, que Dieu te protège ! Car, je « le vois, au lieu d'être la fin de la Provence, tu en es le commen- « cement et la racine la plus profonde ; et nos ancêtres avaient « mille fois raison quand ils te nommaient fièrement : *Tête de* « *Provence !* [1] »

J'entrai dans la ville, qui était alors tapie au pied de son châ- teau et se réchauffait au soleil comme un lézard gris ; et en par- courant ses rues étroites et agréablement pavées, je ne pouvais me rassasier d'entendre, dans la bouche [2] de vos brunes filles, résonner musicalement le franc parler de la Provence.

Puis j'entrai chez un libraire et j'achetai la *Nemaïda*, ce joli poëme de la vie niçarde, poëme tellement vrai que ce matin, Messieurs, en revenant flâner autour de Sainte-Réparate, j'en ai reconnu les types encore tous vivants.

Qui m'aurait dit alors que, peut-être trente ans après, en reve- nant à Nice, je la trouverais française et de plus en plus proven- çale, avec sa vaillante Ecole de *Bellande*, qui arbore dans l'azur de votre golfe merveilleux le gai drapeau du Félibrige ! Qui m'aurait dit, Messieurs, que je la retrouverais belle comme jamais, avec de grandes rues, des palais princiers qui rappellent Paris, mais un Paris avec le ciel d'Italie, mais un Paris avec le soleil d'or, mais un Paris avec une mer limpide !

Que toujours, belle Nice, tu t'épanouisses au soleil, pour l'hon- neur de la Provence, pour la gloire de la France, pour le charme de tout le monde ! Et amie de tous, défends notre langue, brave- ment, fièrement comme ta Ségurane quand elle s'immortalisait au bastion des *Cinq-caire* [3].

A la suite de cette brillante allocution, qui a excité d'en- thousiastes bravos, Mistral entonne sa jolie chanson de *la Coutigo*, publiée avec musique dans l'*Armana prouvençau* de 1882.

Roumanille succède à Mistral et, avec cette bonhomie incomparable, avec cette délicieuse finesse qui fait le fond de son caractère, avec ce sentiment exquis du beau et du

---

1. Voir la note page 24.
2. Le texte dit *petite bouche.*
3. Littéralement des *cinq angles* ou des *cinq coins*, des *cinq côtés*. C'est par corruption et faute de comprendre le sens de cette locution que les modernes écrivains niçois écri-vent *Sincaire.*

bon qui l'inspire dans ses compositions littéraires, il improvise le toast suivant :

TOAST DE J. ROUMANILLE

Counfraire e ami,

Salude emé respèt noste venerable mèstre Sardou lou paire, cabiscòu de l'Escolo de Bellando, e m'es un regale de ié pourtà moun brinde.

En saludant lou paire, e'n brindant pèr éu, brinde pèr soun illustre fiéu Vitourian, e lou salude. Enlusis nosto festo, e velaqui, l'iue flamejant, coumo sis obro, di rai de noste soulèu prouvençau.

En brindant pèr lou mestre cabiscòu, brinde pèr li disciple que soun à soun entour, e tant afeciouna !

Lou cabiscòu es mèstre, e i'a longtèms que l'èi : nen prene pèr temouin lou grand *sant Ounourat*[1]. L'es, e ven de nous nen dounà uno provo superbo e flamo-novo, en publicant, emé la bono ajudo de Calvino, la grammatico dòu dialèite de Niço.

A prouva peréu, acò fasent, que Niço la bello, tout en se miraiant dins nosto mar tant lindo pèr vèire coume ié vai bèn soun diadèmo de flour d'arangié, parlo la lengo de Marsiho, sa maire, noste dous parlà de la Prouvenço : voulounta-dire qu'es prouvençalo emé Touloun, emé Marsiho, em'Arle, em'Avignoun, e qu'em'éli e coume éli, es un di mai precious jouièu de la courouno de Franço.

Counfraire e ami ! Coumo li cigalo au soulèu, li Felibre, quand soun à taulo, canton toujour quauque galoi refrin. Emai la voues me tremole, permetès-me d'entounà un coublet que nòsti rèire cantavon, ié vai avé cènt an :

> « A Vilo-franco,
> « Au fort Mountauban,
> « Niço-la-blanco,
> « Volon èstre franc[2] . »

1. Voir la note 1, page suivante.
2. Fragment d'une chanson populaire, mentionnée par divers auteurs du temps et qui se chantait à Nice et à Villefranche, lorsque les habitants de ces deux ports demandaient à être ports *francs ;* ce qui, d'ailleurs, leur fut accordé.

Confrères et amis,

Je salue avec respect votre vénérable maître Sardou, chef de l'Ecole de Bellande. C'est un bonheur pour moi de lui porter mon toast.

En saluant le père et en buvant à lui, je bois à son illustre fils Victorien et je le salue. Il rehausse l'éclat de notre fête, et le voilà, l'œil étincelant, comme ses œuvres, des rayons de notre soleil provençal.

En buvant au maître, je bois à ses disciples groupés, travailleurs ardents, autour de lui.

Le *cabiscol* est maître, et depuis longtemps : j'en prends à témoin le grand *saint Honorat* [1]. Il l'est et il vient de nous en donner une nouvelle et éclatante preuve en publiant, aidé par Calvino, la *Grammaire de l'idiome niçois*.

Cela faisant, il a prouvé aussi que Nice la belle, tout en se mirant dans notre mer si transparente pour voir comme lui sied bien son diadème de fleurs d'oranger, parle la langue de Marseille, sa mère, notre doux parler de Provence ; c'est-à-dire qu'elle est provençale avec Toulon, avec Marseille, avec Arles, avec Avignon, et que, avec ces cités, et comme elles, elle est un des plus précieux joyaux de la couronne de France.

Confrères et amis ! Comme les cigales au soleil, les Félibres, quand ils sont à table, chantent toujours quelque joyeux refrain. Bien que ma voix tremble, permettez-moi d'entonner un couplet que nos aïeux chantaient, il y aura bientôt cent ans :

« A Villefranche,
« Au fort Montalban,
« Nice la blanche,
« On veut être franc [2] .»

Ce joyeux refrain, répété en chœur, est comme le signal d'une joute littéraire. A partir de ce moment, c'est à qui

1. M. A.-L. Sardou avait publié en 1855 une Analyse et des morceaux choisis du grand poëme de R. Féraud intitulé : *La vida de sant Honorat* : c'est à ce travail que Roumanille fait ici allusion. Le texte du poëme de Féraud a été depuis publié en entier, avec des notes de M. Sardou, par la Société des Lettres, Sciences et Arts des Alpes-Maritimes, dans le tome III de ses Annales (Nice, 1875). Cette publication a obtenu une médaille de vermeil au concours philologique et littéraire ouvert la même année à Montpellier.

2. Voir la note 2, page précédente.

chantera, récitera, racontera en provençal, en français, en italien, en espagnol ou en portugais ; car on s'est dit qu'un jour de fête pour la langue d'*oc* devait l'être également pour ses sœurs les autres langues néo-latines. Lectures, discours, chants, récits, l'assemblée, émue, entraînée, applaudit chaleureusement tout, vers et prose.

Nous avons pu nous procurer la plupart des compositions et des improvisations qui, à cette heure de la fête, se sont succédé les unes aux autres, et nous les avons réunies pour en faire la seconde partie de la présente brochure, ayant dû nous borner ici à n'en présenter au lecteur que la simple énumération.

Charles Deslys, l'aimable, honnête et loyal romancier, lit avec tout le talent de diction qu'on lui connaît, une charmante pièce de vers français, intitulée *Bienvenue* et écrite pour la circonstance par M. Lan, *ajudaire* de l'Ecole.

On continue de porter des toasts. Habay chante le sien, composé, paroles et musique, dans le wagon qui, le matin même, l'a amené de Fréjus ; il y ajoute une chanson d'Alphonse Michel sur un air de sa composition.

Celui de Guérin, en prose poétique, est adressé à la France, *notre mère*, à la belle Provence et à Nice provençale.

Lagarrigue, de Béziers, consul de Portugal à Nice, prend la parole en portugais et revendique, pour cette langue qu'a illustrée le sublime Camoëns, le droit qu'elle a par ses origines mêmes de se faire entendre dans une assemblée de Provençaux ; il annonce qu'il devra bientôt se rendre à Lisbonne, et il demande l'autorisation de fonder dans cette ville une Ecole félibréenne. Des acclamations unanimes accueillent cette intéressante communication, et notre confrère termine son discours par un toast à Mistral et à ses dignes émules.

Hélion de Barrême boit aussi à Mistral et exprime, en termes ardents, le vœu de voir un jour notre *Capoulié* à côté de Victorien Sardou dans un fauteuil de l'Académie française, comme nous le voyons aujourd'hui assis à sa droite au banquet des Félibres. Victorien Sardou répond que l'accomplissement de ce vœu légitime ne saurait tarder et dit combien il sera heureux d'avoir pour confrère, sous la coupole de l'Institut, le grand poëte dont les œuvres ont puissamment contribué à faire revivre, dans tout notre Midi, la belle époque des troubadours et à doter la France d'une seconde littérature. Il n'est pas besoin de dire le tonnerre d'applaudissements qui éclate à ces paroles.

Fr. Brun, Français du nord, fixé depuis longtemps à Nice, nous apprend comment, séduit par l'idéal du Félibrige, il a embrassé avec transport notre cause; et il termine sa brillante improvisation par un salut cordial aux poëtes provençaux qui sont venus fraterniser avec les membres de l'Ecole de Bellande.

Les lectures, les récits alternent avec les toasts. Bourrely nous lit deux spirituels sonnets sur Masséna et le Paillon, qu'il a improvisés en parcourant la ville, peu de temps avant le banquet ; Verdot, une belle pièce de vers intitulée : *Lei luerno* (les lucioles); Monné, *Lou brès*, (le berceau), curieuse allégorie traduite du catalan ; Huot, son charmant petit poëme *Lou ban de mar* (le bain de mer); Clément Ferrière, un fort joli sonnet en gascon d'Agen, à l'adresse des Félibres provençaux et plus particulièrement de Mistral et de Roumanille.

Jourdan raconte quelques souvenirs de jeunesse ; et ce récit, qui émeut toute l'assemblée, est si intéressant que Roumanille le lui demande immédiatement pour en enrichir l'Almanach provençal de l'an 1883.

Icard récite un conte agréablement rimé, étincelant de verve comique, mais un peu trop gaulois peut-être pour la circonstance.

Massiéra lit un fragment de sa remarquable traduction italienne de *Mireio* : la chanson marine du bailli de Suffren.

Louis Funel clôt dignement la série des lectures par sa charmante et poétique *Farandoulo latino.*

Entre-temps, Roumanille a chanté son noël : *La chato avuglo* (la jeune fille aveugle) qui fait partie de ses *Oubreto en vers;* et après lui, Mistral, donnant satisfaction au vœu unanime de l'assemblée, a bien voulu chanter aussi l'admirable chanson de *Magali*[1]. Avant de lever la séance, il a exposé qu'il fallait profiter de cette réunion pour nommer un nouveau syndic de la Maintenance en remplacement de Marius Bourrely, dont les pouvoirs allaient expirer; il a proposé, pour remplir ces fonctions, Alphonse Michel, et cette candidature a été approuvée par sept majoraux présents à la réunion.

Telle a été la première fête félibréenne tenue à Nice. Le simple compte rendu qu'on vient de lire doit suffire pour répondre aux curieux qui se demandent ce que peuvent bien faire les Félibres dans leurs assemblées; mais il est d'autres personnes moins bien intentionnées auxquelles nous croyons devoir adresser quelques mots d'explication.

« Les Félibres complotent », disent les uns; « ils cherchent à former une nation nouvelle se séparant de la France par la langue d'abord, et plus tard ils demanderont l'autonomie politique de cet *Etat roman.* » « Ils veulent simplement se griser, » disent les sceptiques; et mille autres insanités se débitent chaque jour de l'air le plus grave du monde.

Ce qu'ils font, le voici : ils font de la politique d'union sociale, de la façon la plus pratique; ils réunissent, dans de fraternelles agapes, des personnes que leur position sociale semblait devoir rendre étrangères les unes aux autres. Sorte de franc-maçonnerie sans rite ni pratiques démodées, ils font de la démocratie et de la meilleure. Et dans ces réunions, on chante l'amour, la nature et la patrie; on se grise d'enthousiasme pour toutes les idées grandes et généreuses, et tout cela dans un beau langage, dans une langue qui a servi jadis à toutes les nations de l'Europe pour traduire leurs inspirations artistiques; car, bien antérieurement au français, à l'italien, à l'espagnol, la langue d'oc était la seule qui pût être employée pour les œuvres d'ima-

[1]. *Mireio*, page 116 de la 5me édition. Paris, Charpentier.

gination : le nom de *roman*, qu'ont conservé ces œuvres, nous en fournit une preuve palpable.

Ils font du séparatisme, dit-on. Au banquet du 5 mars, nous avons entendu Mistral prononcer, à la suite de l'émouvant récit de Jourdan, ces belles paroles : « Oui ! mes amis, aimons la France, notre mère à tous, notre commune patrie; mais que cela ne nous empêche pas de conserver le culte de nos aïeux, de notre Provence ensoleillée. Que les jaloux et les impuissants s'écrient que nous faisons du séparatisme ; laissons dire : nous savons bien, nous, que nous aimons notre mère, et nous le montrerions encore le jour où elle aurait besoin de nos bras, comme l'ont montré la plupart d'entre nous, dans une circonstance malheureuse, dont le souvenir seul fait saigner nos cœurs de fils. » Et à l'expression éloquente de sentiments si nobles et si généreux, le cœur de chacun de nous battait à l'unisson du sien.

DEUXIÈME PARTIE

●

PIÈCES DIVERSES LUES OU RÉCITÉES DANS LA FÊTE FÉLIBRÉENNE DU 5 MARS

---

1. — BIENVENUE

Salut aux Félibres, par J.-B. LAN

Je m'en veux fort de prendre la parole
En pareil lieu. Dans son humble corolle
La fleur des prés n'a qu'une goutte d'eau
Et c'est déjà pour elle un lourd fardeau :
Ainsi ma Muse est de bien peu lassée.
Elle a pour dieux les rois de la pensée.
Au premier rang, s'il ne faut qu'admirer
Les beaux écrits, elle aime à se mirer
Dans le courant de cet immense fleuve
De poésie, où l'univers s'abreuve ;
Mais à son tour ici prendre l'essor,
Faire tinter le cuivre où brille l'or,
Chanter devant les maitres de la lyre !
En vérité, ce serait du délire.
Riche est le champ qu'ils savent moissonner
Et l'on ne peut, après eux, qu'y glaner.
Loin de moi donc toute pompeuse image :
Un frêle épi suffit à mon hommage.
Je l'ai cueilli pour eux dans un sentier
Où naît le myrte auprès de l'églantier :
Leur œuvre ainsi, chère à la Renommée,
Est de bon grain et de fleurs parsemée.

Sonnez, fifres et tambourins,
Sonnez en l'honneur des Félibres !

3.

Sous l'ombrage des tamarins !
Sonnez, fifres et tambourins !
Ils sont nés sous des cieux sereins ;
Comme l'oiseau Dieu les fit libres...
Sonnez, fifres et tambourins,
Sonnez en l'honneur des Félibres !

Mistral, Roumanille, salut !
Le laurier croît dans nos campagnes.
Pour les rêveurs il le fallut :
Mistral, Roumanille, salut !
Parmi nous quiconque vous lut
A les neuf Muses pour compagnes.
Mistral, Roumanille, salut !
Le laurier croît dans nos campagnes.

L'esprit par vous est retrempé
Dans la fontaine de Jouvence.
A l'empreinte du beau frappé,
L'esprit par vous est retrempé.
La Grèce antique avait Tempé
Comme nous avons la Provence.
L'esprit par vous est retrempé
Dans la fontaine de Jouvence.

A de frivoles passe-temps
Le monde court ; chantez, Poètes !
Que d'autres perdent leurs instants
A de frivole passe-temps !
O fils bien aimés du printemps,
L'aube naît partout où vous êtes !
A de frivoles passe-temps
Le monde court ; chantez, Poètes !

Tout passe ici bas, — le plus vaste empire
Comme le brin d'herbe au matin fauché.
A la glèbe, hélas ! l'homme est attaché :
Il cherche le mieux et trouve le pire.

Sur son dur sillon tristement penché
C'est à l'idéal pourtant qu'il aspire
Quel puissant secours l'enivre et l'inspire?
Quel ferment de vie est en lui caché ?

Planant au-dessus d'un monde frivole,
Une voix du ciel s'élève et s'envole,
Seule elle a vaincu la fatalité :

C'est la poésie à travers les âges,
La parole sainte aux lèvres des sages,
Que tout siècle épèle : Immortalité !

---

2. — BRINDE

Paràulo e musico d'HABAY 1

Bevèn un còu, fasèn rasado
A la santa d'aquelo qu'ame mai :
Es ma Prouvenço ensouleiado,
Sa lengo felibrenco toujour cantarai.

L'AMOUR ES TOUT

Paràulo d'ANFOS MIQUÈU, musico d'HABAY

Crèi-me, ma bello Margarido,
L'amour es lou ben lou plus dous ;
L'amour es l'amo de la vido,
L'amour pòu soul nous rèndre urous ;
L'amour, l'amour, o ma chatouno,
De Diéu es lou plus bèu presènt.
— Se l'amour es Diéu que lou douno ⎱ bis
Margarideto, amen-nous bèn. ⎰

1. Dialecte de Fréjus.

Espincho un pàu dins la naturo,
De tout coustat veiras l'amour :
Es dins la voues de l'aigo puro,
Es dins lou bàume de la flour,
Es dins lou cant de l'auceliho,
Es dins la fernissoun dòu vènt.
— Se l'amour tènt pertout sesio, ⎰ bis
Margarideto, amen-nous bèn. ⎱

Aquèu qu'a l'amo enfrejoulido,
Aquèu que noun coumpren l'amour,
Veira jamai subre sa vido
Lusi la pouncho d'un bèu jour ;
E viei, soulet, renous e triste,
Regretara soun jouine tèms,
— Se l'amour es fru tant requiste, ⎰ bis
Margarideto, amen-nous bèn. ⎱

TOAST

Paroles et musique d'HABAY

Buvons un coup, faisons rasade — à la santé de celle que
j'aime par-dessus tout ; — c'est ma Provence ensoleillée, — sa
langue félibréenne toujours je chanterai.

L'AMOUR EST TOUT

Paroles d'ALPHONSE MICHEL, musique d'HABAY

Crois-moi ma belle Marguerite, — l'amour est le bien le plus
doux ; — l'amour est l'âme de la vie : — l'amour peut seul nous
rendre heureux ; — l'amour, l'amour, ô ma fillette! — de Dieu
est le plus beau présent. — Si l'amour, c'est Dieu qui le donne, —
Margaridette, aimons-nous bien, (*bis*).

Regarde un peu dans la nature, — de tous côtés tu verras
l'amour : — il est dans la voix de l'onde pure, — il est dans le
parfum de la fleur, — il est dans le chant des oiseaux, — il est
dans le bruissement des vents. — Si l'amour tient partout assises,
— Margaridette, aimons-nous bien, (*bis*).

Celui qui a l'âme glacée, — celui qui ne comprend pas l'amour, — ne verra jamais sur sa vie — luire le commencement d'un beau jour ; — et vieux, seul, inquiet et triste, — il regrettera son jeune temps. — Si l'amour est fruit tant recherché,— Margaridette aimons-nous bien, (*bis*).

---

3. — BRINDE
de Guérin, de Fréjus

Messiès e gai counfraire,

En l'acamp dóu Felibrige dins aquesto vilo, la reino dòu Miejour e la perlo de nouesto soulèu d'or, mi semblo veire l'image de la patrio presento à nouesto tàulejado.

Siès, encuei e mai que mai, ò Niço ! uno cita prouvençalo, la plus bello. E nàutre, lei Felibre, venèn mirà ta splendour e ti dounà la brassado freirenalo.

Siès sempre la courouno embeimado d'aquèu cantoun ensouleia de la Franço; leis estrangiè l'an prouclama, e batèn dei man.

Adounc, Messiès e gai counfraire, permete-mi de brindà subretout à la Franço, nouesto maire, à la bello Prouvenço e à Niço prouvençalo.

TOAST
de Guérin, de Fréjus

Messieurs et gais confrères,

En la réunion du Félibrige en cette ville, la reine du midi et la perle de notre soleil d'or, il me semble voir l'image de la patrie présente à nos agapes.

Tu es, aujourd'hui et plus qu'on ne saurait le dire, ô Nice ! une cité provençale, la plus belle. Et nous Félibres, nous venons admirer tes splendeurs et te donner l'accolade fraternelle.

Tu es toujours la couronne embaumée de ce coin ensoleillé de la France, les étrangers l'ont proclamé, nous applaudissons.

Qu'il me soit donc permis, Messieurs et gais confrères, de porter un toast, avant tout à la France notre mère, puis à la belle Provence et à Nice provençale.

4. — DISCOURS DE FERNAND LAGARRIGUE

Consul de Portugal

Senhores e alegres confrades,

Na qualidade de consul de Portugal em Nice, julgo-me com direito a reivindicar para a lingua immortalisada pelo sublime Luiz de Camões, a sua parte n'este banquete, presidido pelo illustre Mistral e que honram com sua presença com tantos homens eminentes o gracioso poeta Roumanille e o sabio Sardou, *Cabiscòu*[1] da nossa moderna *Escola de Bellanda.*

As origens litterarias da nação portugueza encontram-se, effectivamente, nas producções legadas pelos trovadores chegados ao norte da Lusitania na epocha da fundação d'este reino.

E' facil de verificar a consideravel influencia d'estes trovadores nas obras ainda hoje populares, pela maior parte do celebre rei D. Diniz, um dos gloriosos successores de D. Henrique, descendente de Hugo Capeto, bisneto de Roberto, rei de França, e cujo pae era o duque Henrique de Borgonha.

Lisboa, justamente orgulhosa da suas academias e dos seus outros centros scientificos importantes, não tem ainda, especialmente como a Catatalunha, a sua escola felibresca.

O que por ella legitimamente ambicionamos a este respeito, em breve, segundo esperamos, serà satisfeito. Portugal, meus senhores e alegres confrades, deve ser-nos querido por duplo titulo: se foi um filho da Terra de França que constituiu este paiz, no começo do seculo XII, em nação livre e independente, a sua lingua tão suave e ao mesmo tempo tão energica, não tem surprehendentes affinidades com a maior parte dos mesmos dialectos da Lingua *d'oc?*

Deixai-me pois emittir publicamente o voto de que

1 Chefe, presidente.

um futuro proximo verá abrir-se em Lisboa uma escola felibresca portugueza.

Terminando, brindo por Frederico Mistral e pelos seus distinctos collaboradores da *Maintenance* de Provença, pelo sr. Sardou, que fez uma obra util e patriotica restituindo o idioma nicense à sua verdadeira familia. Saúdo com respeito os nossos antigos trovadores que viveram e cantaram em Portugal no tempo dos seus primeiros reis ; estendo tamben a mão, sob a egide de Santa Stella, aos poetas e escriptores portuguezes nossos contemporaneos.

Brindo finalmente, meus senhores e alegres confrades, pela intima e fraternal união litteraria da Provença e de Portugal !...

Messieurs et gais confrères,

Comme consul du Portugal à Nice, je crois avoir le droit de revendiquer pour la langue qu'a immortalisée le sublime Luis de Camöens, sa part à ce banquet, que préside l'illustre Mistral et qu'honorent de leur présence, avec tant d'autres hommes éminents, le gracieux poète Roumanille et le savant monsieur Sardou, *Cabiscòu* [1] de notre jeune *Ecole de Bellanda*.

Les origines littéraires de la nation Portugaise se retrouvent, en effet, dans les productions laissées par les troubadours qui étaient venus dans le nord de la Lusitanie à l'époque de la fondation de ce royaume. Il est facile de constater l'influence considérable de ces troubadours dans les œuvres, restées populaires pour la plupart, du célèbre roi Diniz, un des glorieux successeurs de Dom Arrique, descendant de Hugues Capet, arrière-petit-fils de Robert, roi de France, et dont le père était le duc Henri de Bourgogne.

Lisbonne, justement fière de ses académies et de ses autres centres scientifiques importants, n'a pas encore, comme la Catalogne notamment, son école félibréenne. La légitime ambition que nous avons pour elle à cet égard, ne tardera pas, je l'espère, à être satisfaite. Le Portugal, Messieurs et gais confrères, doit nous être cher à un double titre ; si c'est un enfant de la Terre de France qui constitua ce pays, dès le commencement du XII⁰ siècle, en nation libre et indépendante, sa langue, si douce et si

1 Chef, Président.

énergique à la fois, n'a-t-elle pas de surprenantes affinités avec la plupart de nos dialectes de la Langue *d'oc?*.

Laissez-moi donc émettre publiquement le vœu qu'un avenir prochain voie s'ouvrir à Lisbonne une école félibréenne portugaise.

En finissant je bois à Frédéric Mistral et à ses distingués collaborateurs de la Maintenance de Provence, à M. Sardou qui a fait une œuvre utile et patriotique en rendant l'idiome niçois à sa véritable famille. Je salue avec respect ceux de nos anciens troubadours qui vécurent et chantèrent en Portugal sous ses premiers rois; je tends aussi la main, sous l'égide de Sainte Estelle, aux poètes et aux écrivains portugais, nos contemporains.

Je bois enfin, Messieurs et gais confrères, à l'intime et fraternelle union littéraire de la Provence et du Portugal!...

---

5. — DISCOURS DE F. BRUN

Messieurs,

Je suis bien embarrassé pour exprimer tout ce que je ressens. Jamais il ne m'a été donné de passer en si peu de temps par une succession si rapide et si variée d'émotions. Tout ce que l'art contient de beautés, de délicatesses et de nuances, de richesses infinies dans la forme comme dans la pensée elle-même, je viens de l'admirer sans qu'il m'ait été possible de résister à cette étrange puissance de fascination qui se dégage de tant d'œuvres originales, spontanées, puisées aux sources mêmes de la vie et de la nature. Aussi, je dois l'avouer, je suis sous le charme et je reste sans force pour traduire mon émotion.

Je ne parle pas le provençal, mais je le comprends très bien. Mon pays natal, hélas! a été violemment arraché à ses traditions nationales, à ses souvenirs, à ses origines françaises; et ce n'est pas sans amertume, qu'au milieu de toute cette joie d'aujourd'hui, je songe à nos malheurs; ce n'est pas non plus sans un rayon d'espérance au cœur, car j'en ai la certitude et tout Lorrain la partage avec moi, ce pays si éprouvé rentrera un jour dans la grande famille dont il a été séparé par la force.

Mais au milieu de vous, Messieurs, je me sens toujours dans ma patrie! Vous me la faites chérir plus encore en me révélant les beautés de ce riche dialecte provençal. Vous me faites aimer davantage la jeunesse, la poésie et la vie. On arrive dans ce pays enchanté mathématicien, bourré d'x et d'y ; et, sous la magnétique influence de ce beau ciel, de cette riante nature, on devient poète. Je vous confesserai même que plus d'une fois, parti pour l''accomplissement d'un devoir professionnel, avec des préoccupations techniques, je suis arrivé, tout enivré par la beauté des spectacles qui s'étaient offerts à moi sur ma route, avec des vers plein mes poches.

Je salue donc ces charmeurs qui sont venus ici fraterniser avec nous et je garderai de vous, Messieurs, le plus précieux et le plus durable souvenir; car, maintenant, je connais votre secret. Si vous savez trouver toujours l'accent juste et vrai, c'est que vous empruntez à la nature les couleurs de votre riche palette, c'est que vous regardez en haut et que vous êtes, avant tout, les peintres du beau et du vrai.

Ce charme, cette influence étrange qui nous émeut jusqu'à remplir nos yeux de larmes, cette douce émotion que nous partageons tous, d'où vient-elle? Quelle en est la cause? C'est que vos cœurs sont d'or comme votre soleil.

---

6. — DEUX SONNETS
par Marius Bourrely, de Marseille

—

I. — MASSÉNA

De soudard venguè generau ;
Soun noum es escri dins l'istòri,
Coumo s'èro cubert de glòri,
A Zurich siguè manechau.

Niço a counserva la memòri
De Massena, qu'es immourtau,
Enaurant sus un pedestau
L'Enfant cari de la Vitori !

Ero duque de Rivoli,
Prince d'Essling. Lou pu pouli,
Lou pu bèu de touti sei titre,

Es soun brounze, qu'en l'amirant
Fara sempre batre lei pitre,
Bello Niço ! de teis enfant.

MASSÉNA

De soldat il devint général ; — son nom est écrit dans l'histoire. — Comme il s'était couvert de gloire, — à Zurich il fut maréchal.

Nice a conservé la mémoire — de Masséna, qui est immortel, — en élevant sur un piédestal — l'Enfant chéri de la Victoire !

Il était duc de Rivoli, — prince d'Essling. Le plus joli, — le plus beau de tous ses titres,

C'est ce bronze, qui en l'admirant — fera toujours battre les poitrines, — belle Nice, de tes enfants.

II. — LOU PAIOUN

A de matin, à la fresquièro,
En sautant dóu lié, siéu ana
A-n-un café per dejunà ;
Car ai l'apetis matinièro.

E, coumo anavi proumenà
Sus lei bord de vousto ribièro,
Ai rescountra doues bugadièro
Davans la plaço Massena.

Fasié souléu, èron en aio.
En lei vesent prendre la draïo
Dóu Paioun, qu'avié d'aigo enca :

« Anas lavà vouesto bugado ? »
Li ai di, e la plus delurado
M'a respoundu : « L'anan secà ! »

LE PAILLON

Ce matin, à la fraîcheur, — sautant du lit, je suis allé — dans un café pour déjeuner ; — car j'ai l'appétit matinal.

Et, comme j'allais me promener — sur les bords de votre rivière,— j'ai rencontré deux lessiveuses—devant la place Masséna.

Il faisait soleil, elles étaient en fatigue.—En les voyant prendre le sentier — du Paillon, qui avait encore de l'eau :

« Vous allez laver votre lessive ? » — leur ai-je dit, et la plus délurée — m'a répondu : « Nous allons la sécher ! »

---

7. — LEI LUERNO

Par Auguste VERDOT, d'Eygùiéres [1]

Refrin. Dins l'escur esbrihaudo,
Vivènto esmeraudo,
Gisclant,
En vòu tremoulant,
Deis arangiè blanc !
Lusènto parpaiolo,
Sus noueste front volo,
Moucèu
D'astre vo d'aucèu,
Fusant entre terro e cèu.

---

[1] L'auteur a dédié cette pièce de vers à ses deux jeunes filles, Marie-Thérèse et Antoinette. On peut la chanter sur le rhythme de la mélodie de Monpou: «Vers les rives de France voguons en chantant.»

I

Quand dei marinado
La tebo alénado
Nous adus calour,
Nuè siavo e long jour,
Lei luerno espelido
Dins nouesto *Esperido*,
De soun vòu de fuè
Estounon la nuè. —
Ah! — Dins l'escur esbrihaudo, etc.

II

Coumo un flo de lume
Que part de l'enclume
Au cop de martèu,
Entré qu'au castèu
L'*Angelus* cascaio,
Duerbon seis escaio;
Car tenien d'à ment
Lou sant dindamen. —
Ah! — Dins l'escur, etc.

III

Soun bruno, an d'aleto
Coumo cigaleto,
Un cors plus douiet
Qu'abiho e grihet;
E pamens, lei pauro,
N'an jamai, dins l'auro,
Fa brusi'n brisoun
Ni cant, ni zounzoun.
Ah! — Dins l'escur, etc.

IV

Mai lou Diéu d'abounde
Qu'assiéunè lei mounde,
Diéu, que fai tout bèn
E fai rèn per rèn,

Dins l'ome e lou verme
Depausè soun germe
D'immourtalita,
Soun fléu de clarta. —
Ah! — Dins l'escur, etc.

V

Ansin touto vido
Qu'es mudo o que crido,
Pòu rèndre à soun Diéu
Oumàgi agradiéu :
L'aucèu trais sa gamo,
L'ome óufris soun amo,
La flour soun prefum,
La luerno soun lum. —
Ah! — Dins l'escur, etc.

VI

Mousco fousfourino,
Ei jouncho divino
Vouesto obro quinto es?...
Quand subre lei tes
La mar boundo e bramo,
Dins lei nerto en ramo,
Dei nouviàlei nau
Sarias lou fanau? —
Ah! — Dins l'escur, etc,

VII

S'es vous, flour d'eigagno,
Qu'amount Diéu espragno
Pèr lou bèu matin
Dei pople latin,
Flouresoun aludo,
Moun couer vous saludo
D'un vot proufeti
E patriouti.
Ah! — Dins l'escur, etc.

VIII

S'après la batèsto
Dei legioun celèsto,
Floutas, póuverèu
Deis àngi fidéu,
Plumo, fès-vous alo
Pèr nouésteis espalo,
Que pousquen mountà
A la Verita! —
Ah! — Dins l'escur, etc.

IX

S'erias leis armeto
Dei vièiei coumeto
Toumbado en belu
Deis espàci blu,
Guidas-nous, o luerno,
Dins lei draio eterno
Que menon au pur
E counstant bonur! —
Ah! — Dins l'escur, etc.

X

Eslùci o matèri,
Tenès un mistèri...
Mai ause au jardin
Meis enfant bloundin.
Fugès! que, sout vèire
Vous metrien pèr vèire,
A vouesto clarta,
Soun libre pinta! —
Ah! — Dins l'escur, etc.

XI

Luerno! Enfant! eissame
D'esperitoun qu'ame,
Urous se poudiéu,
Ei clarour de Diéu,

M'afougà coumo éli
Davans l'Evangéli ;
Pièi, dins un trelus,
Partre à l'*Angelus !*

LES LUCIOLES [1]

Refrain. — Etincelle dans l'obscurité, — vivante émeraude —
— qui jaillis, — en vol tremblotant, — des orangers blancs (de
fleurs) ! — Scintillant papillon,— vole au-dessus de nos fronts, —
parcelle — d'astéroïde ou d'oiseau, — filant entre terre et ciel !

I

Quand des brises marines — la tiède haleine — nous apporte
chaleur, — nuits sereines et jours longs, — les lucioles écloses —
dans notre Hespérie, — de leur vol de feu — étonnent la nuit. —
Ah ! Etincelle dans l'obscurité, etc.

II

Comme des flocons lumineux — partant de l'enclume — sous
le coup du marteau, — sitôt que dans le campanile [2] — l'*Angelus*
résonne, — elles ouvrent leurs élytres ; — car elles guettaient au
passage — le saint tintement. — Ah ! Etincelle, etc.

III

Brunes, elles ont des ailes — ainsi que les petites cigales, — un
corps plus délicat — que celui de l'abeille et du grillon ;— et pourtant, les pauvrettes, — elles n'ont jamais dans l'air — fait entendre
le plus petit chant, — ni le moindre bourdonnement. — Ah !
Etincelle, etc.

IV

Mais le Dieu de largesse — qui ordonna les mondes, — Dieu,
qui fait tout bien — et qui ne fait rien en vain, — dans l'homme
et dans le ver — a déposé son germe — d'immortalité, — son filet
de lumière. — Ah ! Etincelle, etc.

V

Ainsi tout être vivant, — muet ou ayant un cri, — peut
rendre à son créateur — un hommage agréable : — l'oiseau lui

1. Insecte lumineux dont le nom scientifiqne est *luciola lusitanica.* Il
apparaît dans nos régions en mai et en juin et ne fréquente guère que les
terrains calcaires.
2. Le texte dit *castèu,* château : il faut entendre la chapelle du château.

adresse sa gamme,—l'homme offre son âme,—la fleur son parfum,
— la luciole sa lueur. — Ah ! Etincelle, etc.

VI

Mouches phosphorescentes,— dans les travaux divins, — votre
œuvre, quelle est-elle ?..... — Lorsque sur les îlots — la mer
bondit en mugissant,—dans les ramées de myrte, — des barques
nuptiales — seriez-vous le phare ? — Ah ! Etincelle, etc.

VII

Si c'est vous, fleurs de rosée, — que Dieu réserve là-haut —
pour le beau matin — des races latines, — floraison ailée, — mon
cœur vous salue — d'un vœu prophétique — et patriotique. —
Ah ! Etincelle, etc.

VIII

Si, depuis le combat— des célestes légions,—vous flottez, poussière (émanée) — des anges fidèles,— ô plumes, faites-vous ailes—
pour nos épaules, — afin que nous puissions monter jusqu'à la
Vérité. — Ah ! Etincelle, etc.

IX

Si vous étiez les pauvres âmes — des vieilles comètes — tom-
bées en bluettes — du haut des espaces azurés, — guidez-nous, ô
lucioles, — dans les sentiers éternels — qui mènent à la félicité
pure et constante. — Ah ! Etincelle, etc.

X

Eclair ou matière,—vous recelez un mystère...—Mais j'entends
dans le jardin — mes blonds enfants. — Fuyez ! de peur que sous
verre — ils ne vous mettent pour regarder, — à votre lueur, —
leur livre enluminé ! — Ah ! Etincelle, etc.

XI

Lucioles ! Enfants ! essaim — de lutins que j'aime,—bien heureux (serais-je) si je pouvais, — aux clartés de Dieu, — comme
eux m'enflammer (d'amour) — devant l'Evangile ; — puis, dans
une irradiation, — à l'*Angelus*, prendre mon essor ! — Ah !
Etincelle, etc.

8. — LOU BRES

Revira pèr J. MONNÉ dòu catalan de P. BRIZ, que l'a dedica à l'autour de *La Countesso*

Sabe iéu un bres d'evòri,
Estela de clavèu d'or,
Que, rous coume un rai de glòri,
Dintre i'a'n enfant que dor ;
Pèr l'un, dins un pantai flòri,
E pèr d'autre, dins la mort !—
 Bressen, bressen-lou,
 Amourousamen.

S'es viéu, lou cors ié repauso ;
S'es mort, que lou ploure res !
Dòu cros Lase a rout li lauso,
Li pòu roumpre un autro fes.
Que vèngue la mort, se l'auso,
Tant que brandaren lou bres !—
 Bressen, bressen-lou,
 Amourousamen.

Aura, pèr l'aubo requisto
Qu'éu se destrassounara,
Vièsti d'or, 'mé quatre listo
D'ardènt cremesin ; aura
Courouno de perlo *misto*
Facho de noste plourà !
 Bressen, bressen-lou,
 Amourousamen.

E sa premiero raubiho
Touto pleno de ciéutat,
D'un paié sus la mountiho
Faudra que l'anen boutà,
Pèr esfraià l'auceliho
Que lou gran vendrié pità !
 Bressen, bressen-lou,
 Amourousamen.

4.

Si jouguet d'enfant, i flamo
Li jitaren à mouloun ;
Li jo que fau à soun amo
Autro meno de jo soun.
Noun a man ? brandigue lamo !
Noun a pèd ? zóu, d'esperoun !
   Bressen, bressen-lou,
   Amourousamen.

Un auberc double, de ferre
E de bos, si ié fara.
La meno ounte anaren querre
Lou ferre, un jour d'or sara ;
Sara lou bos de l'aut serre
Que ié dison Mountserrat !
   Bressen, bressen-lou,
   Amourousamen.

Mountara cavalo fèro
Coulour de mort, pèu negrau ;
Que soun pèd enclóute la terro,
E qu'embrigue li frejau ;
Pèr afin que de la guerro
Sènte lou brusimen rau !
   Bressen, bressen-lou,
   Amourousamen.

Sa lanço sara fourjado
Emé lou martèu di masc ;
Noun sara'n aigo trempado,
Mai dins lou sang di Judas ;
Que fau que, d'uno tancado,
Li trauque de tras à tras !
   Bressen, bressen-lou,
   Amourousamen.

De canebe brido torso
Aura pèr li penjadis ;

Ansin pourran, 'mé proun forço,
Servì de nous courredis,
E peréu de foui qu'endorso
Lis ennemi fugedis.
    Bressen, bressen-lou
    Amourousamen.

Dins l'infernalo matèri
Taiaren sis esperoun :
Que, pougnegu, lou gimèrri
Ferre e fiò sentigue joun,
Pèr qu'un double treboulèri
Double soun envanc feroun.
    Bressen, bressen-lou
    Amourousamen

l'ensignaren l'aubarèsto ;
Estènt aubarestié fort,
Cregnira rèn li tempèsto.
Ni peréu li negre corb ;
Car mounton aut li sagèsto
E tout dret picon au cor.
    Bressen, bressen-lou,
    Amourousamen.

De glòri que fugue amaire,
Qu'amour ié fugue escoundu :
Que la pauro de sa maire,
Pèr l'amour, a tout perdu.
Se dèu n'èstre lou venjaire,
Rèn que de mort fugue estru.
    Bressen, bressen-lou,
    Amourousamen.

A l'entour dóu bres d'evòri,
Estela de clavèu d'or,
Vihen ! sènso autre tafòri
Que lou batedis di cor :

Qu'éu viéu dins l'endourmitòri,
Emai nous digon qu'es mort !
Bressen, bressen-lou,
Amourousamen.

LE BERCEAU

Allégorie traduite par J. MONNÉ du catalan de Pélage BRIZ, qui l'a dédiée à l'auteur de *la Comtesse* [1]

Je sais, moi, un berceau d'ivoire, — constellé de clous d'or, — dans lequel, blond comme un rayon de gloire,— un petit enfant est endormi ; — pour certains, dans un doux rêve, — et pour d'autres, dans la mort. — Berçons, berçons-le amoureusement.

S'il vit, son corps se repose ; — s'il est mort, que personne ne le pleure ! — Lazare a brisé les pierres du tombeau, — il peut les briser une deuxième fois. — Que la mort vienne, si elle l'ose, — tant que nous bercerons l'enfant ! — Berçons, etc.

Il aura, à l'aube délicieuse—de son réveil [2], — un vêtement d'or, portant quatre bandes — de rouge ardent [3] ; il aura — une couronne de perles divines,—faites avec nos larmes !—Berçons,etc.

Et sa première robe — toute brodée de cités, — au sommet d'un gerbier — nous irons la placer, — pour effrayer les oiseaux — qui viendraient becqueter le grain. — Berçons, etc.

Ses jouets d'enfant, aux flammes — nous les jetterons en tas :— les jeux qu'il faut à son âme — sont des jeux d'autre sorte. — N'a-t-il pas des mains? qu'il brandisse (une) épée ! — N'a-t-il pas des pieds? sus, des éperons. — Berçons, etc.

Un haubert double, de fer — et de bois, on lui fera. — Le filon où nous irons prendre — le fer, un jour sera d'or ; — le bois

1. Cette allégorie a trait à là renaissance possible des royaumes de Catalogne et d'Aragon, réunis comme ils l'étaient jadis sous le sceptre de la dynastie catalane des comtes de Provence. *La Comtesse* est le titre d'une pièce de vers de Frédéric Mistral, faisant partie de son recueil intitulé *Lis Isclo d'or*.
2. Littéralement : où il se réveillera.
3. Allusion aux armes d'Aragon.

sera de la haute montagne — qu'on appelle |Montserrat [1] —
Berçons, etc.

Il montera une cavale sauvage — (ayant) les couleurs de la
mort, et le poil sombre, — dont le pied laissera empreinte en
terre, — et brisera les cailloux; — et cela pour que de la guerre
il aspire le rauque grondement. — Berçons, etc.

Sa lance sera forgée — par le marteau des sorciers; — elle ne
sera point trempée dans l'eau, — mais dans le sang des Judas; —
car il faut que, d'un seul coup, — il les perce de part en part. —
Berçons, etc.

Des brides en chanvre tordu — il aura pour les pendaisons : —
elles pourront ainsi, suffisamment fortes, — servir de nœud
coulant, — et en même temps de fouet cinglant le dos — des
ennemis en fuite. — Berçons, etc.

Dans une matière infernale — nous taillerons ses éperons; —
afin que à chaque coup, la cavale [2] — sente ensemble le fer et le
feu, — afin qu'une double ardeur — double son élan sauvage. —
Berçons, etc.

Nous lui apprendrons (à tirer) l'arbalète ; — quand il sera bon
arbalétrier, — il ne tremblera ni devant les tempêtes — ni
devant les noirs corbeaux; — car les flèches montent très haut —
et tout droit frappent au cœur. — Berçons, etc.

Qu'il soit amant de la gloire, — que l'amour lui reste inconnu;
— car sa malheureuse mère, — à cause de l'amour, a tout perdu. —
S'il doit en être le vengeur, — qu'il ne soit instruit que de la
mort. — Berçons, etc.

Autour d'un berceau d'ivoire, — constellé de clous d'or, —
veillons! sans (qu'il s'élève un) autre bruit — que le battement
de nos cœurs; — car il vit dans son berceau, — bien qu'on
nous dise qu'il est mort. — Berçons, etc.

1. Montagne à 40 kilomètres O. de Barcelone; sa hauteur est de
1,312 mètres.
2. *Gimerri*, traduction littérale *jumart*.

9 — LOU BAN DE MAR

par J.-H. Huot, de Marseille

à M. Alfred Chailan, felibre majourau, Cabiscòu de l'escolo de la Mar

I

Es dimenche : lou dina passo,
Lou soulèu poun, lou cèu es clar ;
Vuei pas ges de travai qu'alasso ;
Sout li pin ai fa la radasso...
Anen prendre moun ban de mar.

Davalen devers la calanco,
(Ma calanco de Mount-Redoun.)
Au pèd d'un grand ro que s'escranco,
I'a'n mié-ciéucle de gravo blanco
E de caiau lisc e redoun.

Eilalin Marsiho pounchejo ;
Davans iéu viéu lou Castèu-d'I ;
Tout au founs la Nerto bluiejo,
A gaucho la mar poutounejo
Li roucas dis isclo amudi.

Pauven-se. Lou repaus es sàgi :
(Fau pas se bagna susarent.)
Di cabanoun dóu vesinàgi
Vèn de nadaire de tout iàgi...
Eisaminen-lei à-de-rèng.

II

Chasque trau, dins la roucassiho,
Se tremudo en recatadou ;
Drole o barboun, fremo vo fiho,
Pèd nus o caussa d'espadriho,
S'avançon pièi dóu bagnadou.

Li premié qu'an fa fouero-vèsto
Es tres ou quatre foutissoun,
Maigre, brounza, la cambo lèsto ;
Tóutis ensèn picon de tèsto
E nadon coume de peissoun !

Un mousseirot, à grand braieto
Curbènt lis espalo e lou cuou,
Dins l'aigo en se fasènt riseto,
Trais soun cors de dameiseleto,
Raia de blu... coume un auruou.

Un paire bagno sa famiho,
Dins si bras tèn lou cago-nìs ;
Un mouloun de drole e de fiho
A soun entour s'escarrabiho...
Mai lou pichounet fai qu'un cris !

Un gai roudelet de fiheto,
Fresco e mignoto que-noun-sai,
Quielon coume de dindouleto ;
Li faroto fan la cambeto
Is àutri paurouso : « Ai ! ai ! ai ! »

Braio courto, blodo frounsido,
Fan just vèire si boutelet,
Si bras fin, sa caro poulido,
Flour de mai pa'ncaro culido...
A l'oumbro de soun capelet.

E pataflòu ! dins l'aigo tousco
S'esparpaion d'eici, d'eila,
En picant l'escumo qu'espousco :
Dirias un eissame de mousco,
Que nadon dins un tian de la.

Un gros moussu, larjo bedeno,
Davalo de galapachoun ;
Sus sa braieto qu'es trop pleno,

Tres rengueirado de coudeno
Li fan centuro de bouchoun.

S'inquieto pas se l'oundo es frejo;
A pas besoun de boulegà :
L'erso à soun aise lou carrejo,
Souto, remounto, pièi floutejo
Boudenfle coume un chin nega !

Sa fremeto, qu'es mistoulino,
Lou seguis.... mai l'imito pas.
A la plaço de sa peitrino
Tèn si doues man e s'estrancino
De s'embrouncà 'n tóuti li pas.

O countraste de la naturo !
Vejo eicito un autre parèu :
La mouié, tant-sié-pau maduro,
A mai de sièis pan de centuro...
L'ome, pecaire, es maigrinèu.

Eu es jalèbre ; élo, es la modo,
Dis que fai caud ; e, dins la mar,
Viroutejo coume uno rodo !...
Que Diéu benesigue la blodo
Que tapo aquéu quintau de car !

Tout es boulegadis, tout bramo !...
Darrié lis isclo s'abeissant,
Lou soulèu abraso li lamo,
Sus lis espousc mete de flamo,
D'or, de rubis e de diamant !

III

Pau-à-cha-pau chasque nadaire
Gagno soun trau pèr se secà.
Lis augo, à si boutèu, pecaire !
S'envertouion tant, de tout caire,
Que dirias d'iruge empega.

Lou sero vèn. La mar es siavo ;
S'es escoundu lou grand soulèu.
Di pescadou li sòuco bravo
Tiron si bèto sus la gravo :
« Oh ! isso !.. mete lou roulèu ! »

Me vaqui soulet. La fresquiero
Que m'adus de luen lou vènt-larg
Me reviho.... Avans la sourniero
Fau rejougne ma meinagiero....
Deman prendrai moun ban de mar.

LE BAIN DE MER

A M. Alfred Chailan, *félibre majoral, président de l'école de la Mer*

I

C'est dimanche : la digestion se fait, — le soleil est piquant,
le ciel est clair ; — aujourd'hui point de travail fatigant ; — sous
les pins j'ai fait la sieste... — Allons prendre mon bain de mer.

Descendons vers la calanque[1] , — (ma calanque de Montredon [2])
Au pied d'un grand rocher qui s'écrase, — il y a un demi-cercle
de gravier blanc — et de cailloux lisses et arrondis.

Au loin on voit poindre Marseille ; — devant moi je vois le
Château-d'If ; — tout au fond la Nerthe[3] bleuit, — à gauche la
mer caresse — les rochers silencieux des îles.

Reposons-nous. Le repos est sage : — (il ne faut pas se baigner
suant). — Des cabanons du voisinage — viennent des baigneurs
de tout âge... — Examinons-les tour à tour.

II

Chaque anfractuosité de rocher — se transforme en cabine ; —
adolescent ou barbon, femme ou jeune fille, — pieds nus ou
chaussés d'espadrilles, — s'avancent ensuite vers la vaste
baignoire.

1. Crique, petite baie.
2. Hameau sur la plage du Prado, banlieue de Marseille.
3. Montagne rocheuse au N. O. de Marseille.

Les premiers qui ont jeté bas leurs vêtements — sont trois ou quatre galopins, — maigres, bronzés, aux jambes agiles; — tous ensemble ils piquent une tête — et nagent comme des poissons.

Un gandin, à grand caleçon — couvrant les épaules et le derrière, — dans l'eau, en se souriant à lui-même, — jette son corps efféminé, — rayé de bandes bleues... comme un maquereau.

Un père baigne sa famille, — tenant dans ses bras le dernier-né; — un grand nombre de garçons et de filles — frétille autour de lui...— mais le *petiot* ne fait qu'un cri.

Un joyeux groupe de fillettes, — fraîches et mignonnes plus qu'on ne saurait dire, — piaillent comme des hirondelles ; — les plus délurées font le croc-en-jambe — aux autres, peureuses : « Aïe ! Aïe ! Aïe ! »

Culottes courtes, blouses plissées, — elles montrent tout juste leurs petits mollets, — leurs bras fins, leur joli visage, — fleur de mai non encore cueillie... — à l'ombre d'un petit chapeau.

Et v'lan! dans l'eau tiède — elles s'éparpillent de çà, de là, — en frappant l'écume qui éclabousse : — on dirait un essaim de mouches — nageant dans une jatte de lait.

Un gros monsieur, large bedaine, — dévale en catimini ; — sur son caleçon déjà trop plein, — trois rangées de couenne — lui tiennent lieu de ceinture de liège.

Il ne s'informe point si l'eau est froide ; — il n'a pas besoin de se mouvoir : — la vague à son aise le charrie, — il plonge, remonte, puis il flotte, — démesurément enflé comme un chien noyé.

Sa petite femme, qui est malingre, — le suit... mais ne l'imite pas. — A la place de sa poitrine — elle tient ses deux mains[1] et se désespère — de broncher à chaque pas.

O contraste de la nature ! — Voici un autre couple : — la femme, tant soit peu mûre, — a plus de six empans de ceinture... — l'homme, pauvret, est maigrelet.

Lui est transi; elle, c'est la coutume, — dit qu'il fait chaud; et, dans la mer, — elle tourne ainsi qu'une roue !... — Que Dieu bénisse la blouse qui recouvre ce quintal de chair !

1. Traduction littérale. C'est-à-dire qu'elle place ses mains là où devraient se trouver les seins.

Tout ce monde est frétillant et pousse des cris !... Derrière les îles s'abaissant, — le soleil embrase les lames, — sur les éclaboussures il met des flammes, — de l'or, des rubis et des diamants !

III

Peu à peu, chaque nageur — gagne son réduit pour se sécher. Les algues à leurs mollets, pauvrets ! — s'entortillent tant, de toutes parts, — que l'on dirait des sangsues collées.

Le soir vient. La mer est tranquille ; — il s'est caché le grand soleil. — Des pêcheurs les braves groupes — tirent leurs bateaux sur la grève : — « Oh ! hisse !... mettez le rouleau ! »

Me voilà seul. La fraîcheur — que m'apporte de loin le vent du large — me réveille... Avant la nuit, — il faut rejoindre ma ménagère... — Je prendrai demain mon bain de mer.

---

10. — SONNET

de Clément FERRIÈRE, en dialecte gascon d'Agen

As illustros poétos prouvençaus nostres ostes

Quan la néy esplandis souns piéls endiamentats
Que fan coumo uno mér de brazo dins lous ayres,
Nostres éls prenon fét as celéstos clartats,
Oùn s'alucon tabé las âmos saunejayres[1].

Atal n'es per bousaus, ô sublimos troubayres
Que dins lou ciél de l'art tan radious planats :
Las âmos et lous côs cats à bous entraynats,
A bostre grand flambéu alucon souns esclayres.

Las fillos del Metjour sabo plà tout acos ;
De bostres chants d'amou lous prouvençaus écos
Fan sounà cado jour las 'strofos immourtelos.

---

1. SAUNEJA. Gasc. v. n. songer, rêver. V. *Sounjà*. (Gabriel Azaïs : *Dictionnaire des idiomes romans du midi de la France*). — Les vieilles formes sont : *somjar, sognar, sompnhar, sompniar,* du latin *sommiare,* songer, rêver. (Raynouard : *Lexique roman*).

Souben moun cô doulen las repéto tabé...

Agréats doun lou lays, Mèstres dóu gay sabé,

D'un pitchou vér-luzen que canto las estèlos.

Aux illustres poètes provençaux Mistral et Roumanille, nos hôtes

Quand la nuit déroule sa chevelure endiamantée — qui fait comme une mer de braise à travers les airs, — nos regards prennent feu aux célestes clartés, — où s'allument aussi les âmes rêveuses.

Ainsi il en est pour vous autres, ô sublimes trouvères, — qui dans le ciel de l'art planez si radieux : — les âmes et les cœurs vers vous entraînés, — à votre grand flambeau allument leurs éclairs.

Les filles du Midi savent fort bien tout cela ; — de vos chants d'amour les échos de Provence — font sonner chaque jour les strophes immortelles.

Souvent, mon cœur endolori les répète aussi... — Agréez donc le lai, Maîtres du gai savoir, — d'un petit ver luisant qui chante les étoiles !

11 — RÉCIT ET TOAST DE JOURDAN, DE FRÉJUS

BRINDE AU PAÏS NADAU

Messiès et gai counfraire,

Se dis que lei Felibre devèn ren òublidà. Ièu brinde au païs nadau.

Enquilà vers Nouvè de 1881, m'acamperi à moun vilage, 'mé ma fremo e ma pichouno, per baià ma vieio maire, passà festo 'm'elo, sarrà la man ei parent e eis ami, turtà lou got à la nouvelo annado qu'anavo espelì, e reveire lei luec ounte s'ero desbana lou matin de ma vido.

Coumo lou Mourmeiroun de moun ami En Miquèu, Mouns es

« . . . . . uno bourgado

« Que sus la roco empegado,

« N'a que de colo à soun entour. »

Mai à *tout auceu soun nis l'is bèu* : aquelo roco, aquelei colo perado[1], en mi remembrant l'ancien tèms, an per ièu uno galaieta que fa espandì moun couer.

Quouro leis agueri ben visto, que me fugueri ben assegura qu'eron sempre àu mème endret, lèu, lèu escareri un pàu pu àut à la bastido dòu Fiou. Fasiè aquèu jour un soulèu coumo àu mes de jun. Pamèns lei colo de Lachèn, de l'Audibergo, de la Crous e de Briàujo eròn clafido de nèu : l'on aurié di un immense flourié blanc estendu fin qu'à mei ped. Lei gros nouguié, lei longuei piboulo, lei sauve, lei vese, lei roure, tamben que lei perussounié et lei grafiounié avien leissa cascà sei fueilho verto e, à cousta dei boui, dei pin e deis eouve, semblavon tout bèu just lei cadabre dei bos.

Foro dóu *Fiou*, que couravo soun aigueto lindo, tout mutavo ; eri soulet, me meteri à sounjà e à traire un regard arriero.

Bouta contr'un cantoun de la bastido, couta sus un long bastoun, plugueri leis iue, e subran me trouberi plus jouine de vint-e-cinq an.

Erian au mes d'avoust, un dijòu matin. La veilho, au soulèu tremount, eri arriba de l'escoro 'mé moun saquet de coutounet blanc raya de blu, plen de libre e de cahier. — D'aquèu tèms sabian pa'ncaro ce qu'ero lei cartabre. — En descarant tròu vite d'un troumpo-cassaire vo d'un bièutènc, avièu resquilha ; lou bouteilhoun que me servié d'escritori s'ero desbouina, e m'eri mes l'esquino coum'un carbounié. Tamben, après aquel òuvari, li avièu virouria uno bravo vòuto dins lou courtieu ! N'ié avièu fa de zigo-zago aperavans de mi decidà à pareissé d'apè ma maire-grand ! Piei, ausèn lei rire de moun pàure paire, que me guetavo despiei

---

1. *Perado* au lieu de *pelado,* par le changement de la liquide *l* en *r,* comme aussi dans les mots suivants de la même pièce : *escareri* (escaleri), *couravo* (coulavo), *l'escoro* (l'escolo), *descarant* (descalant), *vouravon* (voulavon), *nen vourias* (nen voulias), *lou fourié veire* (lou foulié veire), *vourountié* (voulountié), *m'afrateri* (m'aflateri), *vouren* (voulen). Ce changement, que l'on retrouve dans divers dialectes du Midi, est assez fréquent en beaucoup d'autres langues.

un moumentoun, m'eri avara, e n'eri esta quiti per uno pichoto semounço... e un tourchoun de pan trempa dins l'oulo pendudo àu cumascle. Ah! lei boueno soupo e lei bouen frico de la mieuvo maire-grand! Se n'en fai plus de coum'acò!

Au matin, avant l'aubo, alouro que leis estello lindo e claro beluguejavon encaro dintre lou cèu, que la luno clarejavo à travès lei fenestro e fasiè lusì, dins la baisso lou long dòu rièu, lei perlo de l'eigagno, avièu couru dins l'iero puerje lei paiusso emplido de blad à moun segne-grand, que draiavo, la fourco drecho, lou capèu estaca e la vesto boutounado, car la sereno ventavo fresc e dur.

E acò ero lou trin de cado jour, tant que duravon lei caucado.

Un pau plus tard, sautant de l'ajucadou, lei gau fasien entendre sei fourmidable *ca ca ra ca*, e vouravon dins lou primo pous, ounte sterpavon à bel 'eime. Lei galino suivien en clussèn emé lei galuchoun, lei galineto e lei pouletoun. Sounjarèu, leis agachavi, escoutant lei prumié *rin-chin-chin* deis auceloun e l'alauseto bresihant, qu'acoumpagnavo, armounious, lou sussurre de l'aigo.

Piei, quouro lou soulèu pounchejavo sus la colo dòu *Faou* e qu'ausièu sus lou coulet d'en faço, si mesclant ei son dei picoun dei muou encoubla dins lei faïsso de restouble vo dins lei ribo, lei sounaio de l'avé, lei redouno dei cabro, dei menoun e dóu destrié, lei jap dei can e lei cri dóu pastre, galoupavi devers lou jas per countà lei trentanié e adurre à la bastido lei caudeiroun plen de lach encaro caud. Que festo me fasien lou Loubet e soun gros fraire Fido 'mé soun coulié brouda de pounchoun de ferre! Que de tribaqueto lou long de la draio dins lei pra! Nen vesien de bello, lei paure caudeiroun! Jamai ai pouscu saupre coumo arribavon entié.... Que de fes, m'acougoussant sus uno lavando embeimado, lei destapavi per me li amourrà! M'en metièu plen lei labro, m'en barnissavi jusqu'ei gàuto; e lou Loubet, qu'ero àu mens tant gourmandoun que ièu, me venié lichà lou mourroun. Nen vourias alors de rire e de jap! Quasi

toujour — eri bouen prince e l'eimavi[1] ben — li emplissièu
lou cubercèu ; jouious lipavo e relipavo en gangassant sa
coué per me dire gramaci. Lou fourié veire coum'ero poulit
emé sei moustacho toutei blanquinello ; vourountié, à moun
tour, l'aurièu baia, e, bessai ben, tant m'arribavo. Asseta
d'apè nautre, Fido, impassible, nous laissavo faire e soun
regard amistous semblavo nous dire : « Sièu aqui, pichot,
veilhi sus vautre : aguès pas pòu e jugas. Eri ce que sias,
mai moun tèms de foulatrejà n'es plus ; lou voueste aussi
passara.... proufita-nen, la boueno assalut... » Paure, paure
gros Fido e paure Loubachounet !

Enfin, Messiès,, revegueri ensino tout aquèu bèu passat :
lou viei muou Roubin, que menavi bèure vint còu per jour
— devinas perque — lei grand bòu rouge : Mourre-blanc,
Tito, lou Cadet. E piei... e piei auseri, mi bèlant, moun
segne e ma maire grand, e moun paire. Lei paure ! Toutei,
aro, duermon eilamoundaut d'apè la gleiso, dintre lou
mourne çamenteri ounte jassavon nouestei reire, e ounte
elei mai soun ana jaire e m'esperà...

Escusa-me aquelo noto tristo. Coumo noueste mestre En
Tavan, dins soun magnifique brinde à la pouesio de l'in-
fourtuno e dei santei lagremo, vous dirai : « Sian eici en
« familho e sian artisto : lei pintre, dins sei plus riche tablèu,
« òublidon jamai de metre uno oumbro. »

Tout esmougu, n'eri aqui de mei pantai, quouro m'enten-
deri sounà. Ero Mathièu, moun cambarado d'escolo, que re-
venié de querre uno cargo d'apaioun ; m'afrateri d'èu e
l'embrasseri dous cóu. Me disié : Moussu gros coumo lou
bras. — « Digué-mi Jan-Andrè, iè crideri, Jan-Andrè,
« ensino qu'au bouen viei tèms, alouro que, lei cambo nuso,
« gafavian Siagno, que drissavian de leco e que jugavian
« eis escoundaio, eis escabuto e ei billo 'mé de councalin. »
Mathièu parlo francès ; a fa la guerro en Italio, en Africo e
jusqu'en Syrio, — disi ren d'aquelo de setanto ; — emé tout
acò vòu pas faire coumo lei mousseirot e se souven que lou

_____

1. Pour *l'aimavi.*

prouvençau es la lengo que sa maire li a fa tetà. La lengo
de nouesto maire es la lengo dei dièu: frairejavi 'mé bou-
nur, charrerian tant que piei mai... Eù, atout, eimo[1] nouestei roco, nouestei colo, nouestei rièu, noueste soulèu arde-
rous; e se jamai sei bras, soun cors, soun amo, sa vido
eron necit à la Patrio, lou veirian, emé toutei lei veritable
enfant de la Prouvenço, bandiero au vent, s'acarreirà per
aparà la doulourouso mai sempre grando Maire.

Fau que va digui — e sara ni en sublant, ni en cantant :—
que lei gens que, senso saché qu sian, ounte anan, ce que
vouren, nous fan la fougno, va meton coumo viadasè vou-
dran. Lou Felibrige ensegno l'amour dóu bres e dóu ter-
raire, e (per v'assepà en franc prouvençau) : Es foutut ! quau
eimo ben lou camp, l'oustau que sei paire li an laissa, vo
que s'es croumpa — toujour à forço d'espragno, de trabai e
de susour, — eimo ben lou fougau de la famiho e soun vilage;
quau eimo ben soun vilage, cheris sa prouvinço ; quau cheris
sa prouvinço, adoro sa patrio.

Messiès, brinde au païs nadau e, de tirado e de longo, à
la bello Prouvenço, e subretout à la Maire sublimo, sourço
dóu dévouamen, de l'ounour e de l'ilusioun generouso, de
qu toutei lei pople dóu mounde saran counstré de redire un
jour emé noueste poueto : « Cad'ome a dous païs: lou sièu...
e piei la Franço. »

Messieurs et gais confrères,

Les Félibres, dit-on, ne doivent rien oublier. Moi je porte un
toast au pays natal.

Aux approches de Noël de l'année 1881, je me rendis à mon
village, accompagné de ma femme et de ma fillette, pour em-
brasser ma vieille mère, passer les fêtes avec elle, serrer la main
aux parents et aux amis, choquer le verre à la nouvelle année qui
allait éclore et revoir les lieux où s'était écoulé le matin de ma vie.

Semblable à Mormoiron, patrie de mon ami *En* Michel, Mons
est

« . . . une bourgade
« Qui, sur la roche flanquée,
« N'a que montagnes à son entour. »

1. Pour *aimo*.

Mais *à tout oiseau son nid est beau :* ce roc, ces collines nues, en me rappelant le passé, ont pour moi un charme qui fait épanouir mon cœur.

Quand je les eus bien vues, que je me fus bien assuré qu'elles étaient toujours à la même place, vite, vite je grimpai un peu plus haut, à la bastide du Fiou. Le soleil brillait ce jour-là, radieux comme au mois de juin. Néanmoins, les montagnes de Lachen, de l'Audibergue, de la Croix et de Bliauge étaient entièrement couvertes de neige ; l'on aurait dit un immense linceul blanc étendu jusqu'à mes pieds. Les gros noyers, les longs peupliers, les saules, les osiers, les chênes blancs, ainsi que les poiriers et les cerisiers avaient laissé tomber leurs feuilles vertes, et à côté des buis, des pins et des chênes verts, ils représentaient tout à fait l'image de cadavres des bois.

A part le *Fiou* [1], qui coulait son filet d'eau limpide, tout était silencieux. J'étais seul, je me mis à rêver et à jeter un regard en arrière.

Adossé à un des angles de la bastide, appuyé sur un long bâton, je fermai les yeux et tout à coup je me trouvai plus jeune de vingt-cinq ans.

Nous étions en août, un jeudi matin. La veille, au soleil couchant, j'étais arrivé de l'école avec mon petit sac, en cotonnade blanche rayée de bleu, plein de livres et de cahiers — à cette époque nous ne connaissions pas encore les cartables. — En dégringolant d'un trompe-vallée ou d'un bon-chrétien [2], le pied m'avait glissé ; la fiole qui me servait d'encrier s'était débouchée, et je m'étais mis le dos comme celui d'un charbonnier. Aussi, après cette mésaventure, j'y avais tourné et retourné dans le courtil [3] ! J'en avais fait des zigzags avant de me décider à paraître devant ma grand'mère ! Puis, entendant les rires de mon pauvre père, qui me guettait depuis un instant, je m'étais hasardé et j'en avais été quitte pour une petite semonce... et une tranche de pain trempée dans la marmite pendue à la crémaillère. Ah ! les bonnes soupes et les bons fricots de ma grand'mère ! On n'en fait plus comme cela !

Le matin, avant l'aube, alors que les étoiles claires et brillantes scintillaient encore dans le ciel, que la lune tamisait sa clarté à travers les fenêtres et faisait luire, dans la vallée, le long du ruisseau, les perles de la rosée, j'avais couru dans l'aire passer les

1. Petit affluent de la Siagnole.
2. *Trompe-vallée, bon-chrétien,* sortes de poiriers.
3. *Courtil,* petit parc attenant aux maisons de ferme.

corbeilles en paille tressée d'osier, remplies de blé, à mon grand-père, qui criblait (ce blé), la fourche dressée, le chapeau attaché et la veste boutonnée, car la *sereno* [1] ventait frais et fort.

Et c'était là le train de chaque jour, tant que duraient les *foulaisons* [2].

Un peu plus tard, sautant du perchoir, les coqs faisaient entendre leurs formidables *ca ca ra ca*, et volaient dans le poussier, où ils battaient l'air de leurs flancs et grattaient à qui mieux mieux. Les poules suivaient en gloussant avec les jeunes coqs, les poulettes et les poussins. Rêveur, je les regardais tout en écoutant les premiers *rin-chin-chin* des oiseaux et l'alouette gazouillante, qu'accompagnait, harmonieux, le murmure de l'eau.

Puis, quand le soleil commençait à poindre sur la colline du *Faou* [3] et que j'entendais sur le mamelon en face, se mêlant au tintement des clochettes des mulets — entravés et pâturant dans les berges de chaume ou les talus gazonnés, — les sonnettes des moutons et celles plus grosses des chèvres, des menons et du *destrié* [4], les aboiements des chiens et les cris du pâtre, j'accourais à la bergerie pour compter les *trenteniers* [5] et apporter à la bastide les petites marmites pleines de lait encore chaud. Quelle fête me faisaient le Loubet et son grand frère Fido, au collier brodé de pointes de fer ! Que de cabrioles le long des sentiers, dans les prés ! Ah ! ils en voyaient de belles les pauvres petits pots au lait ! Je n'ai jamais pu savoir comment ils pouvaient arriver entiers... Que de fois, m'asseyant doucement sur une lavande embaumée, je les découvrais pour m'y abreuver ! Je m'en mettais plein les lèvres, je m'en barbouillais jusqu'aux joues ; et le Loubet, qui était pour le moins aussi gourmand que moi, venait me lécher le visage. En vouliez-vous alors des rires et des aboiements ! Presque toujours — j'étais bon prince et je l'aimais bien (mon Loubet) — je lui remplissais mon couvercle : joyeux, il lapait et relapait en agitant sa queue pour me dire merci. Etait-il joli avec ses moustaches toutes blanchies ! Il eût fallu le voir. Comme à mon tour je l'eusse embrassé volontiers ! Peut-être bien cela m'arrivait-il parfois. Assis à nos côtés, Fido, impassible, nous laissait faire et son regard affectueux semblait nous dire : « Je

---

1. *Sereno*, brise de nuit.
2. *Foulaison*, action de faire sortir le grain de l'épi ; mode de battage, principalement usité en Provence, qui consiste dans le piétinement des mulets, des chevaux ou des bœufs.
3. *Faou*, ramification du Lachen.
4. *Destrié*, le plus beau mouton du troupeau.
5. *Trenteniers*. Le menu bétail se compte par trentaine.

« suis là, petits, je veille sur vous, n'ayez pas peur et jouez.
« J'étais ce que vous êtes, mais mon temps de folâtrer n'est plus ;
« le vôtre aussi passera... profitez-en, grand bien vous fasse... »
Pauvre, pauvre gros Fido et pauvre petit Loubet !

Enfin, Messieurs, je revis ainsi tout ce beau passé : Roubin, le
vieux mulet, que vingt fois par jour je conduisais à l'abreuvoir —
vous devinez pourquoi — et les grands bœufs rouges : Mourre-
blanc [1], Tite, le Cadet. Et puis... et puis j'entendis m'appelant
avec amour, mon grand-père, ma grand'mère et mon père. Les
pauvres ! Tous, aujourd'hui, dorment là-haut, à côté de l'église,
dans le morne cimetière où gisaient nos ancêtres et où, eux aussi,
sont allés reposer et m'attendre...

Pardonnez-moi cette note triste. Avec En Tavan, un de nos
maîtres, dans son magnifique toast à la poésie de l'infortune et
des saintes larmes, je vous dirai : « Nous nous trouvons ici réunis
« en famille et nous sommes artistes : les peintres, dans leurs plus
« riches tableaux, n'oublient jamais de mettre une ombre. »

Tout ému, j'en étais là de mes pensées, lorsque je m'entendis
appeler. C'était Mathieu, mon camarade d'école, qui venait de
chercher une charge de litière. J'allai amicalement à lui et je
l'embrassai deux fois. Il me disait *Monsieur*, gros comme le bras.
—« Appelle-moi *Jean-André*, lui criai-je, *Jean-André* comme au
« bon vieux temps, alors que, les jambes nues, nous traversions à
« gué la Siagne, que nous dressions des pièges aux oiseaux et
« que nous jouions à cache-cache, aux *bombardettes* [2] et aux
« billes, avec des noix de galle. » Mathieu parle français ; il a fait
la guerre en Italie, en Afrique et jusqu'en Syrie, — je ne dis rien
de celle de 1870 ; — malgré tout cela, il ne veut pas se donner des
airs de petit monsieur et il se souvient que le provençal est la
langue que sa mère lui a fait téter. La langue de notre mère est la
langue des dieux : je fraternisais avec bonheur, nous causâmes
tant et plus... Lui aussi aime nos rochers, nos collines, nos ruis-
seaux, notre soleil brûlant ; et si jamais ses bras, son corps, son
âme, sa vie étaient nécessaires à la Patrie, nous le verrions, avec
tous les vrais enfants de la Provence, bannière au vent, accourir
pour défendre la douloureuse mais toujours grande Mère.

Je veux le dire — et ce ne sera ni en sifflant, ni en chantant :—
que les gens qui, sans savoir qui nous sommes, où nous allons,
ce que nous voulons, nous boudent et se renfrognent, le prennent

1. Littéralement : *museau blanc*.

2. *Bombardette*, petit tube de roseau ou de sureau dans lequel on met
un projectile que l'on chasse ensuite au dehors en comprimant l'air inté-
rieur au moyen d'un piston.

comme diable il leur plaira, le Félibrige enseigne l'amour du berceau et du terroir, et (pour l'exprimer en franc provençal): c'est fichu ! celui qui aime bien le champ, la maison que ses pères lui ont laissés ou qu'il a acquis lui-même — toujours à force d'économie, de travail et de sueur,— aime bien le foyer de la famille et son village ; celui qui aime bien son village, chérit sa province ; celui qui chérit sa province, adore sa patrie.

Messieurs, je porte un toast au pays natal et, tout d'un trait et sans cesse, à la belle Provence, et par-dessus tout, à la Mère sublime, source du dévouement, de l'honneur et de l'illusion généreuse dont tous les peuples du monde seront contraints de redire avec notre poète :

Chaque homme a deux pays : le sien et puis la France[1].

12. — COMBAT NAVAL DU BAILLI DE SUFFREN

(1er Chant de Mireio)

Fragment d'une traduction italienne de ce poème par Ch. Massiera.

—

Suffrem il Balìo — che sul mar impera,
　Di Tolon nel porto — levò la bandiera
　E tosto arruolò — cinquecento guerrier.
Di batter l'Inglese — era immensa la voglia
　Giurammo del tetto — non premer la soglia
　Pria rotto il nemico — non fosse in intier.

Ma pel primo mese — che navigavamo
　Nemico non videsi, — sol vedevamo
　Volar nelle antenne — per cento i gabbian.
Però nel secondo — c'incolse tempesta
　Che fece a noi tutti — girare la testa,
　Di giorno e di notte — aggottavamo invan.

Nel terzo alla fine — la rabbia ci oppresse,
　Bollivane il sangue — che alcun si vedesse
　Che il nostro cannone — potesse scopar :

1. H. de Bornier, *La Fille de Roland*.

Ma tosto Suffrem, — figliuoli alla gabbia
   Esclama! e il gabbiere — vèr l'araba sabbia
   Ricurvo, ne spicca — lo sguardo sul mar.

Oh, tron di buon goi ! — grida allora il gabbiere,
   All'erta figliuol ? s'armin le cannoniere,
   Che veggo tre navi — vèr noi s'avanzar.
Gridò il Gran Nocchiero, — che per *introibo*
   Ne gusti il nemico — li fichi d'Antibo,
   D'un altro panier — ne saprem poi mandar.

Ancora diceva : — e non vedi che un vampo,
   Già quaranta palle — sen'van come lampo
   Forar dell'Inglese — i vascelli regal.
E già ad una nave — sol l'anima resta;
   Lo scricchiar del bosco — odi, e il mar in tempesta,
   Del rauco cannone — odi il rombo feral.

Dall'oste nemica — d'un passo soltanto
   Distiamo in quel mentre, — che gioia! che incanto!..
   Impavido e smorto — il Balio Suffrem,
E che non si smosse — giammai dal suo loco.
   Figliuoli, alfin disse, — si cessi ora il foco,
   Poi con l'oglio d'Aix — il nemico ungerem.

Diceva tuttor ; — l'equipaggio si slancia;
   Chi afferra alabarda, — chi scurre, chi lancia
   E in mano l'uncino — lo fier Provenzal;
Con lena concorde — grida all'arrembaggio ?
   E salta sul bordo nemico; — un carnaggio
   Allor cominciò — che mai fuvvi l'ugual.

Oh quante batoste ! — che orribil macello !
   Che cricchiar d'antenne — che fendonsi, e quello
   Sfondarsi di ponti — ai marinai so' i piè !
Già più d'un Inglese — è tuffato e perisce,
   Più d'un Provenzale — un Inglese ghermisce,
   Lo stringe nell'ugne — e l'affoga con sè.

I piedi nel sangue — quelle fiere lotte
  Durar dalle due — ore fino alla notte ;
  Poi quando la polve — più buio non fè,
Gli è ver che alla nostra — galera mancava
  Ben cento guerrier, — ma tre navi affondava,
  Tre navi superbe — dell'anglico Re.

Poi quando tornammo — alla patria soave
  Con ben cento palle — nel fianco alla nave
  Le antenne spezzate, — le vele in brandel ;
Scherzante e amichevole — disse il Balìo,
  Oh non dubitate — di voi farò io
  Al Re di Parigi — un racconto fedel !

Oh nostro Ammiraglio — tuo parlare è franco,
  Il Re tu vedrai, — t'udirà pur anco,
  Ma oscuri marini — per noi che farà ?
Lasciammo la casa, — lassâm la calanca ;
  Per batter l'Inglese, — ed il pane ne manca ;
  Tu bene lo sai — e di noi che sarà ?

Però fra gli inchini — che al tuo passaggio
  Avrai colassuso — del tuo equipaggio
  Rammentalo, niuno — più forte t'amò.
Poichè, buon Suffrem — prima di rimpatriare
  Vorremmo te Re — sulle dita portare ;
  Ma nostra possanza — cotanto non può.

Sul vespere fè — di Martiga un garzone
  Fendendo sue reti — la bella canzone.
  Suffrem il Balìo — vèr Parigi sen'fu.
Si dice che i grandi di là — a sì gran fama
  Fur presi da invidia — e gli intessero trama
  E i suoi marinari — nol videro più.

13. — LA FARANDOULO LATINO

par Louis Funel, instituteur à Cannes

I

Di sèrre pirenenc is Aupo nevadisso
Audès di tambourin lou reviéudant acord ?
Audès lou jafaret, l'inmènso cridadisso,
    La brudour d'un pople que s'isso
Au son dóu rataplóu que fa freni li cor ?

Hoi ! quento tirassiéio e longo farandoulo !
Oh ! lou poulit issam que fai soun gremicèu !
Oh ! lou bèu drapèu blu que sus éli pendoulo
    Cima de gréu de ferigoulo,
De blacho e d'óulivié, que dóndon dins lou cèu !

— Mai qu'es eiçò ? dirès. — Soun li raço latino,
Pleno de sabo ardènto e se dounant la man,
Que, sus lou mounde viéi qu'à si pèd s'enfróumino,
    Sus lou Parnasso que boutino[1],
Volon faire escalà lou dous parlà rouman !

II

    O mounde prés de secaresso
    Contro nautre crides pas tant !
    Laisso passà : sian la jouinesso !
    Laisso passà nóstri trento an !
    Laisso passà, que nous caresso
    Nostre bèu souléu miejournau,
    E caminan pèr centenau !

---

1. *Boutinà* ou *boutignà*, bouder, rechigner. Le premier est usité plus particulièrement dans la région montagneuse de l'arrondissement de Grasse.

Laisso crèisse, majestous roure
Mai que lou Tèms a ja passi,
Laisso crèisse subre li moure
Lou rourachoun e s'espessì !
Laisso-lou ! Lèu, vèiras soun mourre
Dounà d'oumbrage is auceloun
E tenì testo à l'Aguieloun !

Zou dounc ! que lou tambour rampèle
E que l'ecò di grand roucas
A crid de gigant repoumpèle !
Tambourinaire, ardi ! picas !
Picas que nostre cor barbèle
E que s'envanon à l'assaut
Li gai cantaire prouvençau !

III

Picas ! qu'escalen sus l'auturo
Ounte nostre drapèu déu èstre lou proumié !
Avèn fed pèr nostre obro e mai d'acò, prenturo !
Avèn, foro la mar, poulido jouventuro ;
    Avèn, i camp, fresco verduro ;
Avèn la vasto Crau, ounte Vincènt dourmié ;

    Avèn un soulèu que dardaio
Pèr madurà di blad la bello mèissoun d'or ;
Avèn proun d'erbo i prat, per apairà li daio ;
Avèn quant d'escabot i dindànti sounaio :
    Avèn d'arange e mai de traio :
Avèn l'oulivié vèrd 'mé si sagatoun tort ;

    E, bèu flouroun de la Prouvènço,
Di rèire mort gardan lou lengage grana !
Zou dounc ! gai galoubet, gançourlas la jouvènço !
Resclantissès, jouious, de Tarascoun à Vènço ;
    Que de la Roio à la Durènço,
Man dins la man, lou mounde, ensèn, nous vegue anà !

IV

E dins cènt an, belèu, lis enfant di Felibre,
Long de la Mieterrano, asseta sus li bord,
Di fuiet dóu passat 'n acamparan un libre
　　Que liegeran de l'Ebre au Tibre,
En sentènt soun sang fier s'atubà d'estrambord !

E subre i'escriéuran : « Soun li raço latino
Pleno de sabo ardènto e se dounant la man,
Que, sus lou mounde viéi qu'aro, enca, s'enfròumino,
　　Sus lou Parnasso, qu'enlumino,
An, piei, fach escalà lou dous parlà rouman !

LA FARANDOLE LATINE

I

Des cimes pyrénéennes aux Alpes neigeuses — entendez-vous des tambourins le réveillant accord ? — Entendez-vous la rumeur, l'immense clameur, — le grondement lointain d'un peuple qui se dresse — au son du *rataploou* qui fait vibrer les cœurs ?

Ho! quelle traînée! quelle longue farandole ! — Oh ! le bel essaim qui se pelotonne ! — Oh! le beau drapeau bleu qui sur eux flotte — couronné de rameaux de thym, — de feuilles de chêne et d'olivier, qui se balancent dans le ciel !

Mais qu'est-ce cela ? direz-vous — Ce sont les races latines — pleines de sève ardente et se donnant la main,— lesquelles, sur le vieux monde qui à leurs pieds s'effrite, — sur le Parnasse qui boude, — veulent élever le doux parler roman !

II

O monde épuisé — ne t'élève pas contre nous ! — Laisse passer : nous sommes la jeunesse ! — Laisse passer nos trente ans !— Laisse passer, car notre beau soleil du Midi nous caresse — et nous marchons par centaines !

Laisse croître, chêne majestueux, — mais que le Temps a déjà flétri, — laisse croître sur les mamelons — le *petit chêne* et grossir!— Laisse-le! Bientôt, tu verras sa tête — abriter les petits oiseaux — et résister à l'Aquilon !

Allons! que le tambour résonne — et que l'écho des grands rochers, — avec des cris gigantesques, réponde! — *Tambourinaires* frappez hardiment! — Frappez, pour que notre cœur frémisse (d'ardenr) — et que s'élancent à l'assaut — les gais chanteurs provençaux!

III

Frappez! pour que nous atteignions la hauteur — où notre drapeau doit être le premier! — Nous avons foi dans notre œuvre et plus que cela, peut-être! — Nous avons en plus de la mer, une belle jeunesse; — nous avons, aux champs, fraîche verdure; — nous avons la vaste Crau, où Vincent dormait!

Nous avons un soleil qui darde — pour mûrir des blés la belle moisson d'or; — nous avons assez d'herbe dans les prés pour occuper les faucheurs;— nous avons qui sait combien de troupeaux aux clochettes tintantes; — nous avons des oranges et des vignes; — nous avons le vert olivier avec son branchage tourmenté.

Et, beau fleuron de la Provence, — nous gardons de feu nos aïeux le langage énergique! — Allons! gais galoubets, agitez la jeunesse! — Résonnez, joyeux, de Tarascon à Vence; — et que de la Roya à la Durance,— le monde nous voie marcher ensemble et la main dans la main!

IV

Et dans cent ans, peut-être, les fils des Félibres, — assis sur les bords de la Méditerranée, — des feuillets du passé formeront un livre — qu'ils liront de l'Ebre au Tibre, — en sentant leur sang fin s'allumer d'enthousiasme.

Et dessus (ce livre) ils écriront: — « Ce sont les races latines, — pleines de sève ardente et se donnant la main, — lesquelles sur le vieux monde qui, maintenant encore, s'effrite, — sur le Parnasse, qu'il fait resplendir, — ont enfin élevé le doux parler roman! »

FIN

INDEX

—

—

ERRATA

—

Page 22, ligne 15, lisez : bon poète provençal.
Page 30, ligne 4, lisez : le grand poète.
  »   » ligne 13, lisez : poètes provençaux.

RÈGLEMENT DE L'ÉCOLE DE BELLANDE

Fondée à Nice sous le patronage de la Société des Lettres, Sciences et Arts
des Alpes-Maritimes

ARTICLE 1ᵉʳ — Une école félibréenne est fondée à Nice,
sous le nom d'*École de Bellande*, par quelques amateurs de
la langue et de la littérature romano-provençale, ayant
leur résidence dans le département des Alpes-Maritimes.

ART. 2. — Le but que se proposent les membres de cette
Ecole est d'étudier, écrire et maintenir les divers dialectes
de la langue d'*oc* qui se parlent aujourd'hui dans l'étendue
du département, et aussi de collaborer à des travaux com-
muns relatifs à l'histoire du pays.

ART. 3. — L'École se compose de *Soci* (membres
titulaires ou actifs) et de *Soucietari* ou *Ajudaire* (associés
ou aides).

1° Les *Soci* sont les félibres de l'Ecole qui ont la qualité
de *majoraux* ou de *mainteneurs ;*

2° Les *Soucietari* ou *Ajudaire* sont ceux qui, sans être
ni majoraux ni mainteneurs, veulent cependant étudier et
maintenir notre langue, ou qui s'intéressent à toute chose
concernant notre pays.

Les *Soci* (membres actifs) ont seuls voix délibérative.

ART. 4. — Les *Soucietari* ou *Ajudaire* payent une cotisation
de 5 francs par an. N'ont point à payer cette cotisation les
félibres majoraux ou mainteneurs qui versent déjà 10 francs
soit dans la caisse du chancelier du Félibrige, soit dans
celle du secrétaire de la Maintenance.

ART. 5. — L'argent de la Société sert en premier lieu pour
ses dépenses ; le reste sera employé selon que l'aura décidé
la majorité des membres de l'École.

ART. 6. — Le bureau de l'École se compose d'un président,
d'un vice-président et d'un secrétaire. Tous trois sont nommés pour trois ans à la majorité des membres présents.

Art. 7. — Le président et le vice-président ne peuvent être choisis que parmi les félibres majoraux ou mainteneurs de l'École. Le secrétaire peut n'être qu'un simple associé (ajudaire).

Art. 8. Le président fait connaître chaque année comment a été employé l'argent des cotisations.

Art. 9. — Le président préside les réunions de l'École; en son absence, il est remplacé par le vice-président ou par le doyen de la Société.

Art· 10. — La Société se réunira au moins une fois l'an à Nice ; et c'est dans cette réunion à date fixe que seront nommés, conformément à l'article 6, les membres du bureau.

— Elle peut aussi se réunir en d'autres villes du département.

Dans ces réunions on pourra banqueter; on lira, on récitera, on chantera des compositions en langue romano-provençale ; on parlera aussi de tout ce qui peut se dire honnêtement, à l'exclusion de tout ce qui touche à la politique ou à la religion.

Art. 11. — D'autres réunions pourront avoir lieu toutes les fois que le président croira utile ou nécessaire de le faire.

Art. 12. — La Société de l'École de Bellande se relie à la Maintenance de Provence et donne la main à tous les Félibres du midi et du nord de la France, ainsi que de la Catalogne et autres régions de pays latin.

N. B. — L'École de Bellande accueillera avec empressement et reconnaissance l'adhésion de toute personne qui désirerait prendre part à ses études et à ses travaux, au point de vue de la langue, de la littérature et de l'histoire du pays, soit comme *soci* (membre actif), soit comme simple *ajudaire* (aide).

— Il n'est nullement nécessaire, pour faire partie de l'École, de connaître l'un des dialectes modernes de la langue d'*oc.*

S'adresser pour tout ce qui concerne l'École au président, M. Sardou, rue Adélaïde, 3. Nice.

A LA MÊME LIBRAIRIE VISCONTI

2, RUE DU COURS, NICE

———

Grammaire de l'idiome niçois, accompagnée de nombreux éclaircissements historiques sur cet important dialecte de la langue d'*oc*, et précédée d'un exposé du vrai système orthographique de ce dialecte, par M. A.-L. Sardou, président honoraire de la Société des Lettres, Sciences et Arts des Alpes-Maritimes, *cabiscòu* de l'Ecole de Bellande ; et M. J.-B. Calvino, professeur de langues, membre de ladite Ecole. — Un vol. in-16, prix : 2 fr.

— « Ce petit livre peut être considéré comme la suite et le complément d'une précédente publication de M. Sardou, l'*Idiome niçois, ses origines, son passé, son état présent.* En servant la science, qui tire toujours grand profit des monographies de ce genre, il démontrera aux gens de bonne foi que la langue, loin de pouvoir fournir aucun argument aux séparatistes, dans l'ancien comté de Nice, contredit au contraire formellement leurs prétentions. Le niçois n'a jamais été qu'une variété du provençal, qui, lui-même, est un des grands dialectes de la langue d'*oc*. Nice, par conséquent, n'est pas moins française par sa langue que Marseille, Toulouse ou Limoges. C'est faire acte de patriotisme que de rendre évidente à tout le monde cette vérité. La grammaire de MM. Sardou et Calvino, qui est d'ailleurs faite avec soin et renferme toutes les notions essentielles, mérite doublement d'être recommandée à nos lecteurs. » (C. Chabaneau, *Revue des langues romanes*, mai 1882.)

OUVRAGES PUBLIÉS PAR LES SOINS ET AUX FRAIS DE LA SOCIÉTÉ
DES LETTRES, SCIENCES ET ARTS DES ALPES-MARITIMES

L'Idiome niçois, *ses origines, son passé, son état présent.* Étude accompagnée : 1° de courtes notices biographiques sur les troubadours de l'ancien comté de Nice et d'extraits de leurs œuvres ; 2° d'un tableau sommaire des progrès et de l'influence de la littérature provençale en Espagne et en Italie ; — et terminé par un projet de réforme orthographique, par M. A.-L. Sardou, président honoraire de la Société des Lettres, etc. — Un vol. gr. in-8°, prix : 1 fr. 50.

Exposé d'un système rationnel d'orthographe niçoise, terminé par une application de ce système à une fable inédite de Rancher, par M. A.-L. Sardou. — Un vol. gr. in-8°, prix : 1 fr.

La Vida de sant Honorat, légende en vers provençaux, par Raymond Féraud, troubadour niçois du XIIIe siècle, avec de nombreuses notes explicatives, par M. A.-L. SARDOU. — Un vol. gr. in-8°, prix : 7 fr. 50.

N. B. — Cet ouvrage a obtenu une médaille de vermeil au concours philologique et littéraire ouvert à Montpellier le 31 mars 1875, par la Société pour l'étude des langues romanes. Il ne reste qu'un très petit nombre d'exemplaires.

Le Martyre de sainte Agnès, mystère en vieille langue provençale; texte revu sur l'unique manuscrit original, accompagné d'une traduction littérale en regard et de nombreuses notes, par M. A.-L. SARDOU. Nouvelle édition enrichie de seize morceaux de chant du XIIe et du XIIIe siècle, notés suivant l'usage du vieux temps et reproduits en notation moderne, par M. l'abbé RAILLARD. — Un fort vol. gr. in-8°, prix : 7 fr.

N. B. — Il ne reste plus qu'un petit nombre d'exemplaires de ce curieux et rare spécimen d'un drame lyrique au moyen âge.

Supplément au Martyre de sainte Agnès, petite plaquette, gr. in-8°, prix : 0 fr. 50 c.